Monika Wendt

Zwischen Darß und Schwabenland

KURZGESCHICHTEN

von daheim und anderswo

VERRAI-VERLAG
Stuttgart

Bibliografische Information der Deutschen
Nationalbibliothek:
Die Deutsche Nationalbibliothek verzeichnet
diese Publikation in der Deutschen
Nationalbibliografie; detaillierte bibliografische
Daten sind im Internet über
http://dnb.d-nb.de abrufbar.

1. Auflage Mai 2020

https://verrai-verlag.de

Umschlaggestaltung:
ehrle studios Werbeagentur GmbH

Bildquelle Cover:
nexus 7/Shutterstock.com

Printed in Germany
ISBN 978-3-948342-08-1

Monika Wendt

geboren und aufgewachsen in München, lebt nun seit mehr als drei Jahrzehnten zusammen mit ihrem Mann im Nördlinger Ries.

Ihre Alltagserlebnisse hielt sie schon immer gerne in Form von Geschichten fest. Dadurch blieben gemeinsame Unternehmungen mit Freunden und Bekannten in der Erinnerung fortbestehen.

Das Schreiben diente zunächst nur dem Privatvergnügen. Im Freundeskreis ermunterte man sie, die Erzählungen doch nicht in der Schublade verstauben zu lassen, sondern eine Veröffentlichung zu versuchen. So wurden die kleinen „Werke“ zusammengefasst und mithilfe ihrer technisch begabten lieben Freundin Tanja zu einem Büchlein zusammengestellt und der Verlag brachte es schließlich in die Fasson, die nun vorliegt.

Inhaltsverzeichnis

DAS BAJAZZO

Eines Tages eröffnete in unserem Viertel eine Espresso-Bar. Dieses Etablissement unterschied sich schon rein äußerlich von den althergebrachten, etwas plüschigen Kaffeehäusern unserer Kleinstadt und es hatte auch nichts gemein mit den Bäckerei-Cafés, in denen außer Kaffee auch noch Mittagessen, Frühstück, Würstchen, natürlich auch Kuchen und Gebäck, alles „To Go" oder in Selbstbedienung, angeboten wurde.

Schon das Interieur präsentierte sich elegant in Edelstahl, kombiniert mit feinen Hölzern und dem markentypischen leuchtenden Blau. Die schick dekorierten Regale waren mit Spiegel-Rückwänden ausgestattet. Die Stehtische wurden durch drehbare Barhocker ergänzt.

Die angebotenen Speisen reduzierten sich auf ein kleines, leckeres Angebot wie Panini mit Schinken oder Lachs, Törtchen und Bagels und hin und wieder köstliche hausgemachte Kuchen.

Vor dem Eingang standen an der Hauswand entlang einige Zweier-Tischlein mit Stühlen in besagtem Blau – aufgereiht wie Perlen an der Schnur.

Einige Zeit schlichen wir um die neue Bar herum, beäugten argwöhnisch die hineingehenden und herauskommenden Gäste, bis uns die Neugier übermannte und wir beherzt eintraten. Hinter dem langen Tresen stand ein sehr italienisch wirkender Cafetiere und ich kratzte meine wenigen italienischen Kenntnisse zusammen und radebrechte: „Bon Giorno, due Caffè, per favore." Der große, schlanke Mann musterte mich kurz mit hochgezogenen Augenbrauen und entgegnete in vertrautem Schwäbisch: „Wöllet se da Kaffe mit Milch oder liaber schwaaz?"

Nachdem diese erste Hemmschwelle überwunden schien, gewöhnten wir uns daran, am späten Vormittag erst einmal gemütlich einen Kaffee zu uns zu nehmen. Um diese Zeit teilten meistens dieselben Gäste unsere Gepflogenheit, man kannte sich, grüßte sich und tauschte Unverbindlichkeiten aus. Unsere üblichen Getränke standen häufig nach dem Eintreten schon zur Abholung bereit. Gleichermaßen fand sich in

schöner Regelmäßigkeit eine Art Stammtisch ein: Einige stadtbekannte Honoratioren diskutierten heftig, wie wir vermuteten, wichtige lokalpolitische oder wirtschaftlich relevante Themen. Die äußerst geringe Frauenquote bestand aus einer einzelnen resoluten Dame, die die Herren fest im Griff zu haben schien. Natürlich grüßten wir auch hier respektvoll und wurden sogar manchmal zur Kenntnis genommen. Irgendwann wurden wir in diesen illustren Kreis mit einbezogen. Zunächst vermutlich aus Platzmangel, denn besonders viele Möglichkeiten, sich auszubreiten, gab es aufgrund der nicht allzu großen Räumlichkeiten nicht. Man musste schon manchmal zusammenrücken.
Die Gesprächsteilnehmer waren uns zwar größtenteils bekannt, jedoch nicht alle namentlich. Deshalb versahen wir sie, natürlich nur im Geheimen, mit Fantasie-Namen.

Jedenfalls durften wir nun diesen wichtigen und geheimnisvollen Gesprächen lauschen und sogar ein bisschen daran teilhaben, wenn wir dann mal zu Wort kamen. Hier ein kleiner Themenauszug:

Der Frauenversteher, ein ehemaliger, erfolgreicher Geschäftsmann, der heute noch aktiv im öffentlichen Leben unserer Stadt mitmischt, hält gerne Hof und umgibt sich nach wie vor gerne mit der holden Weiblichkeit. Eines Tages wünscht er zwischen Frau Molitor, der resoluten Seniorchefin eines größeren Handwerksbetriebes, und mir Platz zu nehmen. Natürlich kann er sich die Bemerkung nicht verkneifen, dass es ihm eine Ehre sei, zwischen zwei Rosen zu verweilen. Ich lasse mich zu der Äußerung hinreißen, dass er dann wohl der Dorn sei. Er verneint, meint jedoch, er wäre im Besitz von etwas Ähnlichem. – Schallendes Gelächter in der Runde! – Ich gebe vor, den Sinn der Erwiderung nicht zu erfassen, und umgehend werde ich in verschiedenen Versionen umfassend aufgeklärt, bis es mir die Schamesröte ins Gesicht treibt. So eine Unterhaltung kann sich hinziehen … Am Ende landet dann der Dorn im Blumenbeet und die Rosen werden entblättert.

Lokale Ereignisse werden natürlich auch erörtert. Wie zum Beispiel die Schließung eines Traditions-Wirtshauses, in dessen Kühlraum man halb verwestes Fleisch aufgefunden hat. Unser Mitstammtischler, seines Zeichens Reisender einer bekannten Lebensmittel-Produktions-Firma, versuchte glaubhaft zu erläutern, man müsse die Schnitzel nur lange genug und intensiv braten und schon würden sie zart und schmackhaft und der Urzustand wäre nicht mehr zu erkennen. Man war etwas erstaunt und ich hoffe nur, dass diese Art der Zubereitung keine Nachahmer gefunden hat. Das Gasthaus nannte sich „Weißer Ochse", so zumindest wurde es mir mit einer gewissen Ernsthaftigkeit versichert. Ganz ortsunkundig war ich nach 30 Jahren Hiesigkeit nicht mehr und ich meinte, dass der Ochse rot war. Sofort wurde ich eines Besseren belehrt: Der „Schwarze Ochse" ist in Wirklichkeit der „Schwarzochsen-Keller" und der befindet sich auf einer Anhöhe außerhalb der Stadt. Die alteingesessenen Herrschaften mussten es ja wissen. Ich habe mich überzeugt – es ist der „Rote Ochse". Aber nach ein paar Tagen interessiert keinen mehr, was da mal gesagt wurde.

Überaus bedeutend erscheint die Situationskomik während der relativ kurzen Stammtisch-Verweildauer. Es vergeht kaum eine Einkehr ohne Frotzeleien! Man könnte es auch Brain-

Jogging nennen. Es wird streng darauf geachtet, dass die Seriosität nicht überhandnimmt.

Natürlich wird auch manchmal über Politik diskutiert. Aber es handelt sich bei uns nicht um eine Wirtshausrunde und deshalb geht`s auch nicht so heckenhoch her. Dass alles ungerecht vonstattengeht, dass die Steuern viel zu hoch sind und dass jeder Einzelne diese Dinge doch viel besser machen könnte, darüber ist man sich einig, aber auch darüber, dass keiner von uns diese Jobs jemals hätte haben wollen. Auch das Parteien-Thema wird nur am Rande gestreift. Vermutlich sind unsere Neigungen unterschiedlich gefärbt. Allerdings sind doch alle der Meinung, dass eine braune Tönung nicht infrage kommt.

Montags werden die Sportereignisse des Wochenendes intensiv besprochen. Vor allem Fußball! Uli, mein mir angetrauter Ehegemahl, und ich, wir sind da äußerst ungebildet. Pflichtgemäß erkundigen wir uns über Endergebnisse bei bedeutenden Spielen, um nicht ganz blöd dazustehen. Aber seit ich mir mal den unglaublichen Fauxpas erlaubte, Bayern München mit 1860 München zu verwechseln, und mich auch noch als resistent erwies, als man mir versuchte die Bedeutung eines Eckballs zu verklickern, galt ich als hoffnungsloser Fall und durfte nicht mehr mitreden. Ich hab es gar nicht mehr versucht. Basketball ist auch ein wichtiges Montagsthema. Zumal unser Frauenversteher aktiver Förderer der hiesigen Damenmannschaft ist (heißt das so, wo es sich doch um weibliche Spielerinnen handelt?). Herr Wollner, ebenfalls ein gern gesehener Mit-Diskutierer, ist wie die anderen Herren sportlich versiert, und zudem aktiver begeisterter Golf-Spieler. Er startet immer mal wieder Versuche, uns am Sonntag zu einem der wichtigen Ereignisse anzulocken. Vielleicht machen wir das sogar mal. Aber bis dahin müssen wir mit unserer Unwissenheit leben.

Ernsthafte Gespräche finden gewissermaßen auch manchmal statt: Der mittägliche Speiseplan wird auch gelegentlich besprochen. Der Flieger-Horst freut sich im Frühjahr auf Spargel mit Kartoffeln. Das alles besorgt er sich im Glas und erwärmt sich das Ganze mit Butter in der Mikrowelle. Offensichtlich schmeckt es köstlich, wir haben's noch nicht ausprobiert. Herr Wollner gibt wertvolle Tipps zum Besten, wie man dies und jenes, zum Beispiel frischen Kerbel, zur

Verfeinerung verwendet. Oder wo es die besten Kürbis-Maultaschen gibt. Als ich einmal bei der Verwirklichung der verschiedenen Vorschläge an meine Grenzen stieß, wollte ich nachfragen. Verständnisloses Kopfschütteln! Ich koche doch nicht! Ich weiß nur, wenn's schmeckt und das tut es immer bei meiner Frau.
Mit Frau Molitor kann ich mich da schon besser austauschen. Aber da sie viele Gerichte bereits vor dem Bajazzo-Besuch vorbereitet, komme ich doch stark ins Hintertreffen. Nun ja, wichtige Informationen teilt sie uns schon allen mit: Sie informiert uns regelmäßig über den Verlauf ihres Ehealltags und darüber, was ihr Mann so alles Un-Nettes zu ihr sagt. Vermutlich hat sie es nicht leicht zu Hause, obwohl sie doch sehr robust und selbstbewusst erscheint. – Manchmal kann man halt nicht so einfach dahinterschauen.

Mit besonderem Interesse verfolge ich die Erzählungen von der Erntezeit, während der die Überschüsse an Früchten und Gemüse von Frau Molitor und Herrn Reiss angeboten werden. Als Nicht-Gartenbesitzer zeige ich mich als dankbarer Abnehmer, um dann festzustellen, dass das ganze Erntegut verarbeitet werden möchte. Eines Tages erschien Herr Reiss mit einer Sackkarre, beladen mit wertvollen Bio-Waren wie tonnenweise Petersilie, Äpfeln und weiteren Gartenschätzen und auch Frau Molitor ließ sich nicht lumpen und schleppte körbeweise landwirtschaftliche Erzeugnisse heran. Selbstverständlich wird alles geschnipselt, verkocht oder eingelegt, und Kostproben der Endprodukte werden ordnungsgemäß verteilt. Diese Einkochaktion verleitet unseren Flieger-Horst (wir nennen ihn deshalb so, weil es wohl kein motorisiertes Fluggerät einschließlich Düsenjäger gibt, das er nicht schon durch die Lüfte bewegt hat) jedes Jahr zu einem Schwank aus seiner frühen Jugend: Sein Großvater besaß einen großen Garten mit vielen Johannisbeer-sträuchern und befleißigte sich regelmäßig, aus den Früchten Wein anzusetzen. Der halbwüchsige Bub und sein Bruder konnten nicht widerstehen, brachen in das Lagerhäuschen ein und genossen den Aufgesetzten heimlich wohl ein bisschen im Übermaß. Der erste Kapitalrausch der Knaben war die schmerzliche Folge. Waren es nun die schlagkräftigen Argumente des Opas, dieses in Zukunft zu unterlassen, oder die körperlichen Beschwerden nach dem Alkoholgenuss – Johannisbeer-Wein mögen sie heute nicht mehr, aber Kostverächter sind sie trotzdem nicht geworden.

Der Frauenversteher lässt den Damen gegenüber auch im Bajazzo gerne seinen unwiderstehlichen Charme spielen. Er kennt sich in allen Lebenslagen nahezu umfassend aus und seine Tischnachbarn dürfen großzügig an seinem Wissen teilhaben. Zudem liebt er spitzfindige Wortspielereien, mit denen er besonders mich gerne herausfordert. Ich muss zugeben, dass es – wenngleich auch sehr selten – sogar mir manchmal die Sprache verschlägt. Dies sorgt dann am Tisch für erstaunte Heiterkeit. Seine Kenntnisse über die Zubereitung von Speisen halten sich allerdings in Grenzen, trotz seiner Vorliebe für kulinarische Köstlichkeiten – eine Vorliebe, die sich übrigens schon rein äußerlich nicht so einfach verbergen lässt. Einmal bezeichnete er meine frisch erworbenen Kräutertöpfchen schnöde als Unkraut und outete sich auch bei dem Versuch, die Pflanzen näher zu erläutern, als unwissend. Nachdem er mir für das Zubereiten einer knusprigen Ente riet, viel Paprika zu verwenden, um eine schöne, dunkle Farbe zu erzielen, wurde dieses Thema in seiner Gegenwart tunlichst vermieden.

In schöner Regelmäßigkeit gesellt sich zu unserer Runde auch der „Wortgewaltige“, wie wir ihn nannten. Er erzählt sehr gerne Episoden von seinen abenteuerlichen Montagereisen, die ihn in der ganzen Welt herum geführt haben. Das ist doch jedes Mal hochinteressant, besonders, wenn die zweite oder dritte Variante eine neue Dimension erhält. Nun ja, im Laufe der langen Jahre, in denen der Stammtisch fortgeführt wird, darf sich so manche Geschichte schon mal im neuen Gewand zeigen.

Weitere Reisebeschreibungen werden uns vom Wohnmobilisten zugeführt, wenn er denn mal nach wochenlanger Abwesenheit zu Hause verweilt. Man muss erwähnen, dass seine Weltreisen natürlich auch mit anderen Verkehrsmitteln erfolgen. Seine anschaulichen Berichte über die Erlebnisse in den fernen Ländern wecken in uns, die wir doch inzwischen sehr sesshaft geworden sind, regelmäßig ziemliches Fernweh! Außerdem kann man sich mit ihm wunderbar über die Lokalpolitik, vor allem Miet- und Grundstückspreise, aufregen. Wir sind uns immer darüber einig, dass das alles irgendwann noch ein böses Ende nehmen wird.

Ich darf natürlich nicht vergessen, dass auch unser Frauenversteher über außerordentliche Erfahrungen im Reisen um unseren Globus verfügt. Auch daran dürfen wir partizipieren. Die professionell gefertigten Fotobücher sprechen Bände über sein künstlerisches Talent. – Gelernt ist halt gelernt! –

Hin und wieder gestalten sich die Unterhaltungen etwas einseitig: Da wir mittlerweile alle das Seniorenalter erreicht haben, hat bei dem einen oder anderen die Aufnahmefähigkeit des Gehörs nachgelassen. Von Alterungsprozess möchte ich nicht gerade sprechen, denn jung fühlen wir uns alle noch. Leider kann ich mir nicht merken (das Gedächtnis vermag bei mir auch nicht mehr alles), welches Ohr bei wem nun nicht mehr so intakt ist. Deshalb wird so mancher Einwurf überhört. Macht aber gar nichts, wenn es sein muss, kann ich auch mal zuhören, und vielleicht war's ja doch bloß ein Schmarrn, den ich zum Besten geben wollte.

Herr Wollner wurde mal von seiner Frau nach den Themen der Unterhaltungen befragt. Er war unfähig, darüber Auskunft zu geben, er wusste nicht mehr, worum es eigentlich ging, außer dass das Gelächter lautstark über den Platz hallte. – So ist das eben manchmal mit der Situationskomik …

Unsere Frauenquote wird regelmäßig erhöht durch den Besuch der charmanten Optikerin, die in unserer Stadt ein Ladengeschäft innehat, und gelegentlich schauen einige Ehefrauen der Stammtischler auf Stippvisite vorbei. Da laufen die Herren dann zur Hochform auf: Stühle werden herangeschleppt, Kaffee und Leckereien werden serviert und die Gespräche finden in moderat höflicher Form statt …

Ein ganz besonderes Highlight ist natürlich Isabella: Die gebürtige Niederbayerin lebt ihren unverfälschten Dialekt aus und gibt ihn breit von sich. Ihre schlanke Figur betont sie durch sehr modische, sehr enge Kleidung. So ganz jung ist sie nicht mehr, aber die Jugendlichkeit strömt ihr aus allen Poren. Ihr Herz hat sie an den Frauenversteher verloren. Die vielen Busserl, mit denen sie ihn überhäuft, sind der Beweis. – Der Angebetete lässt die Prozedur mit stoischem Gleichmut über sich ergehen.

Die Bajazzo-Tradition dauert nun über viele Jahre hinweg bis heute an. Wir überstanden sogar den Umbau der Straße zur Fußgängerzone, schluckten tapfer den Baustaub und trotzten dem Lärm der Presslufthämmer. Heute werden die blauen Stuhlreihen durch komfortable Outdoor- Sitzgruppen, die von riesigen Sonnenschirmen beschattet werden, ergänzt. Bei schönen, warmen Sonnenstrahlen gelingt es uns tatsächlich, einen Vierertisch mit fünfzehn Stühlen zu umrunden und dann kann aus dem halben schon mal ein Stündchen werden.

Der Bajazzo-Mann, mittlerweise unterstützt von seiner schönen Tochter Elisa, verwöhnt uns nach wie vor unverdrossen mit seinen Spezialitäten. Milchschaum-Getränke verziert er mit reizenden Smileys oder Bäumchen oder sogar Herzchen und manchmal kann ich nicht widerstehen und bestelle meinen Caffè Crema auch mit Milch, nur um in den Genuss dieser Zuwendung kommen. Die Gepflogenheiten seiner Stammgäste sind ihm längst vertraut. Sollte mal der eine oder andere im Eifer des Gespräches vergessen haben seine Bestellung aufzugeben, fragt er höflichst nach, was es denn heute sein darf. Verspätungen werden vorwurfsvoll durch die bekannten hochgezogenen Augenbrauen und einen strengen Blick auf die Uhr angezeigt. Manchmal finden wir den Stammtisch verwaist vor, wir werden jedoch pflichtgemäß unterrichtet, wer schon da gewesen ist, und hin und wieder weiß er sogar den Grund der Abwesenheit. Er gibt nicht immer Auskunft – Datenschutz ist sein oberstes Gebot. Seine Vielsprachigkeit gibt er mittlerweile gerne zum Besten, inzwischen gehört sogar Italienisch dazu …

Zweimal sind wir in den letzten Jahren umgezogen und obwohl wir nun unser Domizil im Nachbarort bezogen haben, halten wir die gewohnten Kaffee-Gepflogenheiten aufrecht. Wenn wir mal nicht so recht wissen, wie der Tagesablauf stattfinden soll, heißt es: Jetzt geh'n wir erst mal ins Bajazzo und dann seh'n wir weiter.

FRÜHLINGSAUSFLUG MIT ADA UND FEX

Wir, mein Angetrauter Uli und ich, bewohnten seit geraumer Zeit ein Altstadthaus im Schwäbischen, das wir zum großen Teil selbst restauriert oder dessen Wiederherstellung wir wenigstens selbst in Auftrag gegeben hatten. – Ein äußerst mühsames und aufwendiges Unterfangen, eine wahre Sisyphusarbeit, die uns selbst während unserer Freizeit größtenteils in den eigenen vier Wänden gefangen hielt. Unsere lieb gewonnenen Nachbarn Ada und Fex waren eines schönen Tages der Meinung, dass bei uns endlich ein gewisses kulturelles Defizit auszugleichen wäre. Als inzwischen eingefleischte Neubürger trauten wir uns nämlich nicht mehr über den Rand des Rieskraters hinaus. Sie meinten, dass das nahegelegene Frankenland durchaus etliche Sehenswürdigkeiten zu bieten hätte.

So machten wir uns an einem wunderschönen Frühlingsmorgen auf in Richtung des feindlichen Auslands. Hohentrüdingen, unser erstes Ziel, erstaunte uns mit einem ungewöhnlichen

Kirchlein, außerhalb des Dorfes gelegen. Der Altar befand sich nicht wie üblich an der schmalen Seite des Kirchenschiffs, sondern in der Mitte der Längsseite und die Sitzreihen waren darum herum gruppiert. Eine sehr faszinierende Anordnung. Aber auch der Turm, den wir anschließend keuchend erkletterten, versetzte uns in Staunen. Offensichtlich entstammte er einer alten Festung mit meterdicken Mauern und war völlig überdimensioniert im Vergleich zum übrigen Gebäude.

Fex schritt munter die steile Stiege voran, um uns bei jeder Kehre zu trösten, dass das nun die letzte sei. Das entsprach natürlich keineswegs der Wahrheit, aber letztendlich hatten wir irgendwann doch die Aussichtsplattform erklommen und uns blieb schon wieder die Luft weg. Nur diesmal wegen des Panoramas, das uns schier den Atem raubte. Vor uns kuschelten sich kleine Dörflein in die Mulden der sanft hügeligen Mittelfränkischen Landschaft, umgeben vom ersten zarten Gelb der Rapsfelder und den bereits grün schimmernden Getreide-Flächen. Die Krönung war jedoch das Zwölfuhrläuten, das uns nicht nur beinahe den Boden unter den Füßen weg-zog, sondern auch unseren Ohren eine gewaltige Dröhnung verpasste. Leicht bebend und etwas betäubt ließen wir den erhabenen Eindruck auf uns wirken. „ Daß i des oiß no erleba derf!“, meinte mein Ulrich.

Der nächste Anlaufpunkt war Hechlingen. Die anmutige Landschaft verzauberte uns mit Frühlingsfarben und wir mussten einräumen, dass es außerhalb des Rieses und Oberbayerns noch weitere zauberhafte Landschaften gibt. Hier besichtigten wir auf einer Kuppe eine Kirchenruine, gut erhalten und sehr gepflegt, sofern man das von einer Ruine behaupten kann. Und das Plätzchen als solches! Das ehemalige Gotteshaus war weiträumig eingesäumt von einem Mäuerchen, auf der gepflegten Wiese ließen wir uns nieder und lauschten etwas andächtig dem Vogelgezwitscher, das die Stille unterbrach. Plötzlich auftauchende meditierende Mönche hätten uns vermutlich gar nicht überrascht! Lediglich unsere knurrenden Mägen und trockenen Kehlen passten nicht so recht zu der weihevollen Stätte. Aber Ada und Fex hatten uns noch so viel zu zeigen, und die auserkorene Wirtschaft lag am Ende der geplanten Tour. Und so unterdrückten wir in Erwartung der geplanten Schönheiten unsere körperlichen Bedürfnisse.

Also machten wir uns auf nach Schloss Spielberg. Das gehört zum Besitz eines regional bekannten Bildhauers, der dort überall im Schlosspark seine Skulpturen aufgebaut hatte. Wir waren beeindruckt, obwohl sich ein bisschen Eifersucht angesichts des großzügigen Anwesens des Schlossherrn schon auch einstellte. Fex, der mit seiner Frau bereits ein sehr schönes historisches Altstadthaus bewohnte und eine erfolgreiche Arztpraxis betrieb, ließ sich dann doch zu der Äußerung hinreißen: „Na ja, hätt ma was G'scheits glernt!“

Die nächste Etappe führte uns nach Heidenheim am Hahnenkamm. Wir wussten zuvor gar nichts von der Existenz eines weiteren Ortes dieses Namens und mit „Hahnenkamm“ brachten wir eher eine berühmte Skiabfahrt in Verbindung. Aber schließlich waren wir ja auch unterwegs, um einige Wissenslücken auszumerzen: Heidenheim beherbergt ein Benediktinerkloster aus dem 15. Jahrhundert, gegründet von einem Abt Wunibald aus dem 8. Jahrhundert. (Schwer zu verstehen, die können doch nicht 700 Jahre daran herumgebaut haben!) Wunibalds Grabstein liegt jedenfalls vor dem Altar und die Gruft der Walburgis gleich neben dem Eingang. Diese

Dame lebte nun wiederum im 15. Jahrhundert. Alles sehr beeindruckend und wir fühlten uns förmlich in die Vergangenheit zurückversetzt. Wir bestaunten die Klosteranlage mit dem Kreuzgang ehrfürchtig, verneigten uns vor dem geschichtsträchtigen Ort und waren uns einig, dass auf so viel Kultur nun ein Wirtshaus folgen musste.

Fex chauffierte uns ortskundig in Richtung Fürnheim (Hasi, geht's nun rechts oder links?) und wir landeten schließlich in der Brauereigaststätte dieses Ortes. Ein sonniger Biergarten unter noch etwas kahlen Kastanien, kühles Weißbier, fränkische Bratwürste mit Kraut – und wir fühlten uns wie im siebten fränkischen Himmel.

Nun waren wir gestärkt für die Besichtigung der nächsten heiligen Stätte: Ruffenhofen!
Dieses nur auf den ersten Blick unscheinbare Käfflein verfügt über ein ganz besonderes Kleinod: eine original erhaltene romanische Kirche. Die Aushändigung des zugehörigen Schlüssels musste man sich aber erst einmal erarbeiten. Nach einigen erfolglosen Versuchen schickte Ada ihren Fex die Straße rauf zum Bauern So-

wieso. Wir verweilten im Schatten des ehrwürdigen Gemäuers und versuchten unsere etwas schmerzenden Füße zu entspannen.

Nach geraumer Zeit tauchte Fex etwas erschöpft wieder auf. und er schwenkte stolz den monströsen Schlüssel, der jedem Palast zur Ehre gereichte, über seinem Haupt. Nun konnten wir die heiligen Hallen betreten. Zumindest empfanden wir das so. Wieder umwehte uns der Hauch des frühen Mittelalters. Die offensichtlich seit der Entstehungszeit, unveränderte Innenausstattung flößte uns ehrfürchtigen Respekt ein. Wir entdeckten verblasste, aber immer noch erkennbare Wandbemalungen, der alte Taufstein steht unverrückbar an der Stelle vor dem Altar und die schlichten Bänke für die Gläubigen schienen niemals ausgetauscht worden zu sein. – Na ja, möglicherweise ein paar Jahrhunderte nach der Bauzeit! ... Ruffenhofen ist wirklich einen Besuch wert!

Der kulturelle Teil des Ausflugs war nun vorbei. Unser Nachhauseweg führte uns vorbei an riesigen blühenden Schlüsselblumenwiesen. Unter den lichten Waldrändern tauchten wahre Teppiche von frischem Bärlauch auf und wir gelangten zu einem ganz besonderen Ausblickspunkt am Riesrand mit einem Panorama über den ganzen Kessel. Da hatte uns der Krater nun wieder. Aber das feindliche Ausland erscheint uns nun nicht mehr ganz so feindlich.

DAS HISTORISCHE STADTMAUERFEST

Zu den Höhepunkten in unserem Städtchen gehört das historische Stadtmauerfest, das alle drei Jahre inszeniert wird. Hierbei wird die gesamte Altstadt innerhalb der Mauern für Autos gesperrt. Die halbe Bevölkerung gewandet sich in historische, mittelalterliche Kostüme. Auf sämtlichen Plätzen werden Lager errichtet mit abendlichen Lagerfeuern und man bemüht sich, die Zeit um 500 Jahre zurückzudrehen.

Diesem Ereignis fiebern wir Kleinstädter schon Wochen vorher entgegen. Es wird gewienert und geputzt, alles schön mit Blumen geschmückt und unschöne Ecken werden noch schnell beseitigt oder wenigstens kaschiert. Natürlich brachte auch ich unser Haus auf Hochglanz, vor allem, weil wir unsere Freundin Isy zu Besuch erwarteten. An dieser Einladung hatten wir schon seit einem Jahr herumgebastelt und ich war überzeugt, dass sie gewillt war, die „weite" Strecke von 140 Kilometern für so ein Event zu überwinden. Da habe ich mich schwer getäuscht! Als es Ernst wurde und das Wann und Wie besprochen werden sollte, gab es aus heiterem Himmel bei ihr terminliche Schwierigkeiten: Sie konnte keinesfalls über Nacht bleiben und überhaupt war der Weg ja doch sehr weit! Na ja, dachte ich mir, wenn man das ganze Jahr über in der Weltgeschichte herumfahren kann, nur nicht zu den Freunden, soll es halt nicht sein. Pfeiffers jedoch, die aufgrund einer gemeinsamen Reise nun auch zu Isy's Bekanntenkreis gehörten, haben es irgendwie geschafft, sie umzustimmen. Und so traf sie dann doch noch am Samstagvormittag bei uns ein und erklärte blendend gelaunt, dass sie uns in Zukunft öfter besuchen würde, denn die 140 Kilometer wären ja wirklich nur ein Klacks, und eigentlich wäre unsere Stadt ja näher als München. Unsere liebe Freundin hatte sich bisher bei jedem Besuch dermaßen verfranzt, dass sie annahm, eine Fahrt zu uns wäre mit einer Exkursion in den Dschungel gleichzusetzen.

Ich konnte bereits am Freitagabend nicht umhin, die Schauplätze zu inspizieren. Uli sollte erst um 22 Uhr nach Hause kommen, und wie immer konnte ich mich der Faszination des Festes nicht entziehen. Die ganze Stadt wirkte wie verzaubert. Auf sämtlichen Plätzen brutzelten Köstlichkeiten auf offenen Feuern. Beleuchtet wurde die Szenerie durch Pechfackeln, an vielen Ecken spielten Musikanten mittelalterliche Balladen und Kapellen in Originaltrachten gaben ihr Können zum Besten. Da lagerten Landsknechte auf Strohballen, man konnte auf sämtlichen Straßen unbelästigt von Autos wandeln, trat natürlich auch in den einen oder anderen Pferdeäpfelhaufen und man fühlte sich tatsächlich inmitten der kostümierten Menschen in eine andere Zeit versetzt. Mal wieder musste ich zutiefst bedauern, dass ich mir kein passendes Kostüm besorgt hatte.

Am Samstagmittag, nach einem gemeinsamen Knoblauch-Spaghetti-Essen, stürzten wir uns zu dritt in das Marktgetümmel (Isy todschick im passenden langen Trachtenkleid und Uli und ich im gar nicht passenden neuzeitlichen Outfit). Wir schlenderten vorbei am Brandstätterlager – witzigerweise wurde es veranstaltet von der hiesigen Feuerwehr – und man spießte gerade eine Gans auf, um sie über offenem Feuer zu braten. Weiter ging es vorbei an verschiedenen Händlern, die ihre Buden am Hafenmarkt aufgebaut hatten und Schmuck, Glas, Lederarbeiten sowie Töpferwaren feilboten. Alles war „stilecht" – das heißt: ohne Plastik und modernen Schnickschnack – dekoriert. Dazwischen flanierten Musikanten und Besucher in wunderschönen Gewändern. Nicht nur Isy bestaunte die Szenerie mit großen Augen, auch wir waren fasziniert von dem harmonischen Bild unserer zauberhaften Stadtkulisse. Am Paradiesgarten gönnten wir uns ein Haferl Kaffee aus unserem Jahrhundert, aber die Sitzgelegenheit bestand aus grob gezimmerten Holzbänken. Das Wetter hatte sich rechtzeitig zum Fest entschlossen, schön zu werden, und wir lustwandelten in der warmen Septembersonne bei strahlend blauem Himmel.

Dem großen Brauchtumsumzug wohnten wir natürlich auch bei. Da wurde auf dem Wagen der Pfäfflinger Stroh gedroschen, die Deininger fuhren Brotzeit machend vorbei, Die Löpsinger Goaßlschnalzer zeigten ihre Kunst, Pferdefuhrwerke und Ochsengespanne holperten über das Kopfsteinpflaster, kleine Kinder (historisch gewandet) wurden in Leiterwagen vorbeigezogen und natürlich wurde jedes Dorf von einer eigenen Blaskapelle unterstützt – ich weiß gar nicht, warum jeder Marsch gleich klang, aber vermutlich war es immer derselbe.

Auch die Garten-Verschönerungs-Vereine der jeweiligen Orte im Ries präsentierten sich mittelalterlich gewandet und zogen mit blumengeschmückten Wagen an uns vorbei. Irgendwie plagte uns nach der zehnten Gruppe ein heftiger Durst. Wir kämpften uns durch das Gewühl zum schattigen Biergarten im romantischen Hof der Bibliothek. Dort kredenzte man uns den eigens gebrauten „Daniel-Trunk". Glücklicherweise ergatterten wir einen ordentlichen Sitzplatz, denn das Getränk wanderte von der Kehle umgehend in die Beine. Doch es half nichts – weitere Verabredungen warteten: Pfeiffers wollten um 16 Uhr vor unserem Haus auf uns warten. So marschierte ich auf Schleichwegen nach Hause und fand Julia und Richard eingenickt auf unserer Gartenbank vor. Sie hatten Schmalznudeln und Rieser Torte mitgebracht, mussten beide dringend aufs Klo, Julias Blasen an den Füßen sollten verarztet werden und eigentlich wollten sie sich bei uns gemütlich beim Kaffee von den Strapazen erholen. – Für die körperlichen Bedürfnisse reichte die Zeit gerade noch, und nachdem ich Richard in seinem Wust von Kleidern (beide waren im Kostüm) auf der Toilette hochgeschreckt hatte, kam ich auch zur Hausapotheke und konnte Julia ein Blasenpflaster verpassen.

Dann dirigierte ich unsere Verabredung zurück in den Bibliothekshof. Isy und Uli zischten bereits den zweiten Krug und waren recht guter Dinge. Gemeinsam wandelten wir weiter, gönnten uns ein köstlich frisch gebratenes Schäufele und dazu die nötigen Getränke. Dann mussten Pfeiffers schon wieder zum nächsten Termin eilen. Das nächste Zusammentreffen vereinbarten wir auf 21 Uhr. Nach einem kurzen Kleiderwechsel zu Hause (langsam wurde es kühl) verspürte Isy das dringende Bedürfnis, sich an einem der Lagerfeuer mit einem ordentlich gegrillten Stück Fleisch niederzulassen. Mittlerweile schoben sich schier unüberwindliche Menschenmassen durch die Gassen und alle Plätze an den Lagerfeuern waren belegt. Vielleicht war das ganz gut so, denn der beißende Rauch trieb uns bereits vor der Einkehr die Tränen in die Augen. Schließlich ergatterten wir wieder ein Plätzchen im Paradiesgarten und statt Gegrilltem gab es halt Filet-Töpfchen und einen ordentlichen Schluck Weißwein.
Danach drängte auch schon wieder das nächste Date: Pfeiffers wollten am Brettermarkt abgeholt werden. Mit einiger Mühe konnte ich Isy davon abhalten, sich selbst nach dorthin durchzukämpfen, denn nur mit sehr guter Ortskennt-

nis ließ sich dieser Weg zurücklegen. So schlüpfte ich also erneut auf Schleichwegen zwischen den Massen hindurch und schleppte die beiden ins Paradies. Dort angekommen, mussten wir gemeinsam Isy davon zu überzeugen, dass eine Heimfahrt nach Kempten nun nicht mehr so sinnvoll erschien und letztendlich brachte der Hinweis auf verstärkte Alkoholkontrollen außerhalb der Stadt die Entscheidung, erst am nächsten Morgen abzureisen.

Und so machten wir uns zu fünft erneut auf den Weg, diesmal quer durch die Stadt zum Hof des Hallgebäudes. Niemals vorher hätte ich es für möglich gehalten, dass unsere Stadt so viele Menschen beherbergen kann, aber schließlich, nach einem mittelgroßen Anfall von Platzangst meinerseits, hatten wir uns durchgeboxt und durchgeschoben. Isy gönnte sich eine Massage bei der voluminösen Badefrau, die dort in einem Zelt ihrer Handwerkskunst nachging, und anschließend gab es noch mal einen kräftigen Schluck zur Feier des Tages. So etwa um halb ein Uhr nachts verließ uns die Kraft und wir schlichen davon aus dem Geschehen, das immer noch in vollem Gange war.

Wenn es im Mittelalter immer so zugegangen ist, wäre mir, glaube ich, dieses Zeitalter zu anstrengend gewesen.

Am nächsten Morgen brach Isy schon sehr früh auf, weil ein weiterer Termin auf sie wartete. Wir konnten ausschlafen und stellten beim Frühstück fest, dass wir noch nicht fit genug waren für weitere mittelalterliche Eindrücke. In unseren eigenen historischen vier Wänden widerstanden wir den orgiastischen Versuchungen von außerhalb und es gelang uns weitestgehend, uns zu erholen, bis Uli wieder abreisen musste, um seinem Job nachzugehen.

Abends kehrten meine Lebensgeister wieder zurück und es schien mir unvermeidbar, mich erneut ins Gewühl zu stürzen. Den Ausklang des Festes erlebte ich hoch oben auf der Tribüne, auf der ein lieber Freund unter Einsatz seines Lebens noch einen Platz für mich ergattern konnte.

Die Knabenkapelle, eingerahmt von Fackelträgern, spielte feierliche Märsche, der OB gab eine würdevolle Rede zum Besten und bedankte sich mal wieder beim Wettergott für die heitere klimatische Unterstützung. Darauf folgte das weihevolle Friedensgebet. In atemloser Stille lauschte die Festgemeinde dieser Darbietung und somit war das Ende dieser prachtvollen Festivität verkündet. Wie war ich froh, keine Wimperntusche zu tragen, denn diese Szene drückte massiv auf die Tränendrüsen.

Zum stilgerechten Abschluss leerten meine Freunde und ich noch einige Krüge, bis auch die letzte Fackel erloschen und das letzte Lagerfeuer ausgegangen war. In drei Jahren gibt es das nächste Stadtmauerfest und ich schwöre hoch und heilig, dass ich das nicht ohne mittelalterlichen Fummel begehen werde …

GESCHICHTE EINER REISE MIT DEM BALLON

An einem Freitag, den 13. im Juli 2018, ging ich in die Luft!
Nicht etwa wie das HB-Männchen aus der Zigarettenreklame, obwohl meine Erregung durchaus vergleichbar war mit dieser Figur, nein, ich wurde auserkoren, in einem Heißluftballon mitzufahren.

Die Vorgeschichte lag einige Monate zurück. Herr Reiss aus Hoppingen, ein Bajazzo- Mitstammtischler, erzählte von seinem Projekt, für seine Gemeinde dieses Unternehmen zu organisieren. Meine Augen wurden groß und meine Zähne lang, denn diesen Traum hegte ich bereits seit sehr, sehr langer Zeit, und mein Ulrich weigert sich standhaft, auch nur 50 cm vom Erdboden abzuheben, nein, auf gar keinen Fall würde er das tun!

Ich konnte mich tatsächlich anmelden, wenn auch an siebenunddreißigster Stelle. Die Wahrscheinlichkeit erschien mir winzig, denn das

Wetter musste passen, Thermik durfte nicht sein, die Fahrt sollte entweder am Abend oder am sehr frühen Morgen gestartet werden. Das fiel bei einem Morgenmuffel wie mir schon mal aus. Die Monate vergingen, der Initiator hatte seine Fahrt bereits absolviert und ich erwartete den Anruf, wenn überhaupt, Ende August, und dann würden wir bestimmt Dauerregen oder eine Frostperiode zu erwarten haben.

Am Donnerstagabend klingelte das Telefon: „Hier ist der Andy, der Ballonfahrer – morgen Abend 18 Uhr 30 Treffpunkt Sportplatz Heroldingen geht's los, geht's bei dir auch?" Sofort blockierte ein Kloß im Hals meine Stimmbänder und ich konnte gerade noch ein „Ja", und „ich bin da" krächzen.

Dann packte mich mit voller Wucht das Lampenfieber. Über praktische Kleidung und bequemes Schuhwerk hatte man mich bereits informiert. Mir wurde jedoch schlagartig bewusst, dass mein Alter nun doch schon etwas fortgeschritten ist und die Fitness und Gesundheit nicht mehr auf dem Stand von vor 20 Jahren weilte. Sicherheitshalber packte ich Blutdrucktabletten, Inhalator (bei 1000 Metern Höhe kann das nicht

verkehrt sein), jede Menge Tempos und Einlagen in meine Tasche. Inkontinenz gehört zwar nicht zu meinen Wehwehchen, aber wer weiß – die Aufregung! ...
Natürlich musste auch noch eine warme Jacke mit für die kalte Höhenluft.

Endlich fuhren wir am Freitagabend sehr frühzeitig los. Das Wetter zeigte sich von seiner allerschönsten Seite – strahlend blauer Himmel, kein Wind, keine Thermik. Heroldingen zeigte sich wider Erwarten als ziemlich ausgedehnte Ortschaft und bei einer Irrfahrt lernten wir auch die entlegensten Ecken kennen, bis wir endlich einen älteren Herren nach dem Sportplatz fragen konnten. Er war nicht spontan zur Auskunft bereit, denn er wollte zuerst wissen, was wir dort wollten, wo doch heute gar kein Spiel stattfinde. Erst als wir uns als Ballonfahrer outeten, erklärte er uns den Weg und dann fanden wir auch den Ort des Geschehens.

Andy, der Ballonfahrer, begrüßte uns strahlend, seine Schäfchen waren nun vollständig versammelt, und ich lernte auch Ollie und Marita aus Holheim, Werner und Traudel aus Heroldingen und Wolfgang aus Harburg kennen, die den Luftraum mit mir teilen sollten. Wenn ich mich recht erinnere, konnte ich kaum ein Wort herausbringen, meine Kehle war ausgetrocknet – ich hatte aus bereits erwähnten Gründen kaum Flüssiges zu mir genommen, ich glaube die vorfreudige Aufregung hat mich etwas neben „die Kapp“ gesetzt. Gott sei Dank retteten mich einige der zahlreichen Zuschauer wenigstens mit einem Schluck Wasser, das versetzte mich zwar erneut in die bekannte Bredouille, aber noch war Zeit für Abhilfe.

Es ging dann auch gleich los mit dem Aufbau: Der Korb wurde zuerst ausgeladen und ich konnte meine Bestürzung über das kleine Format (ca. 1,80 x 1,20 Meter) kaum verbergen. Immerhin sollte der fahrbare Untersatz sechs Personen durch die Lüfte befördern und ein Viertel davon war schon für den Piloten und die Gasflaschen reserviert. Meine etwas bange Frage, ob wir denn da überhaupt alle reinpassen, wurde mit einem „Selbstverständlich!“ abgetan. Ich muss zugeben, dass meine Frage doch ziemlich naiv war – schließlich waren wir nicht die ersten Passagiere und Sitzplätze waren ohnehin nicht vorgesehen. Zum Umfallen reichte der Platz ja auch gar nicht. Plötzlich fiel mir ein, dass ich hin und wieder von Platzangst heimgesucht werde. Doch darüber konnte ich nicht länger grübeln, denn es ging gleich weiter:

Die Crew pumpte den Ballon mit Luft auf – übrigens mit beachtlichen 5.500 Kubikmetern – und dann kam noch mit Getöse aus den Gasflaschen Heißes dazu. Andy bat vorher die Kinder in Sicherheit zu bringen, denn nun werde es ein bisschen laut. Auch ich trat zur Seite, um gleich darauf mit einem „Huch“ nochmals einen Seitwärtssprung zu machen. Das Geräusch ist gewöhnungsbedürftig. Doch wenn es einen während der ganzen Fahrt begleitet, gewöhnt man sich daran …

Dann ging alles sehr schnell. Der Korb wurde installiert und da der Ballon schon schwebte, war es an der Zeit, hineinzuklettern. Peinlicherweise trat nun meine mangelnde Fitness zutage, aber mit vereinten Kräften schob man mich hinein. Und schon lösten wir uns ab vom Boden. Wir winkten allen Zuschauern zu, auch ich versuchte fröhlich zu lächeln, alles wurde immer kleiner, wir stiegen und stiegen, ich glaube, mein Blutdruck tat es auch, denn das Herz klopfte mir bis zum Hals. Meine Notfalltasche und auch die warme Jacke hatte ich am Boden zurücklassen müssen.

Und plötzlich war alles gut. Der Platz reichte ohne „Engetei", unsere Truppe zeigte sich in bester Stimmung, ich vergaß Hunger und Durst und ich musste auch nicht mehr aufs Klo. Auch das mulmige Gefühl, dass uns von der unter uns liegenden inzwischen beträchtlichen Menge Luft nur eine relativ dünne Holzplatte trennte, löste sich quasi in der Luft auch auf.

Die Fahrt ging über die Harburg bis kurz vor Donauwörth, und ich konnte dank meiner ortskundigen Mitreisenden viel über ein Fleckchen vom Ries kennenlernen, das mir bis jetzt nur durch Bahn und Auto bekannt war. Tief unten begleitete uns die mäandernde Wörnitz wie ein dunkelblaues, schmales Seidenband. Beschreiben kann ich das einzigartige Gefühl, durch die Luft zu gleiten, nicht. Es war ein Wechselbad zwischen einem bangen „doch so hoch" (wir fuhren die meiste Zeit 1.600 Meter über dem Erdboden) und der unglaublichen Wonne, die einen immer wieder durchströmt hat.

Nach knapp eineinhalb Stunden und über 13 Kilometern Luftlinie legte Ballon-Andy eine bilderbuchreife sanfte Landung direkt neben einem geteerten Feldweg auf einem abgeernteten Acker nahe Wörnitzstein hin. Die Abendsonne schickte die letzten warmen Strahlen herab und tauchte uns in ein goldgelbes Licht. Wir alle strahlten mit ihr um die Wette.

Dann galt es die letzten Hürden zu überwinden: Da war zunächst einmal der Ausstieg! Ich ließ den Herren, die hinter mir standen, den Vortritt und bat vorsorglich um Beistand von außen. Ich hab mich wieder genauso blöd angestellt wie vor der Fahrt, nur dass plötzlich mein bequemes Schuhwerk nicht mehr in die Trittlöcher passte. Beherzt zog Walter meinen Fuß in die Öffnung und durch gemeinsames Ziehen und Schieben hatte ich dann doch wieder Erdboden unter mir. Meine Ballon-Kollegen und Andy zollten mir Respekt: „Ging doch alles gut!" Na ja, sie wollten halt freundlich zu mir sein.

Ich wusste bereits, dass nun bald die Zeremonie der Adelsverleihung mit Getränk erfolgen sollte. Aber das musste erst verdient werden! Der Ballon lag immer noch ziemlich prall gefüllt auf dem Feldweg und die Luft musste raus, bevor die Hülle verstaut werden konnte. Endlich rückte das Begleitfahrzeug an. Mein nicht in die Luft gehender Ehemann Uli hatte Niels, dem Begleitfahrer, bei der Verfolgungsjagd Gesellschaft geleistet, um unser Abenteuer vom sicheren Boden aus zu beobachten.

Nun musste er ran – nun war Schluss mit Faulenzen auf dem Beifahrersitz und ich konnte mich elegant in den Hintergrund verdrücken. Als alles verstaut war, wedelte Andy mit Dokumenten in der Luft herum und in der anderen Hand hielt er Rotkäppchen-Sekt und Gläser. Sofort gesellte ich mich wieder zu der Gesellschaft. Den Drink konnte ich mir keinesfalls entgehen lassen. Selten hatte ich so was Köstliches getrunken!

Es folgte die Adelstaufe. Hoffentlich gebe ich keine Geheimnisse preis, denn jeder hat sich vor der Zeremonie in Schweigen gehüllt. Andy erklärte uns den historischen Hintergrund: Als die Ballonfahrt erfunden wurde, galt das Privileg, mitzufahren, lediglich für den Adel. Als das gemeine Landvolk auch in den Genuss der Luftreisen kommen wollte, gebot es die Etikette, auch diese Mitmenschen mit Adelstiteln zu versehen. Und so geschah es uns gleichermaßen. Für das Feuer versengte der Pilot eine Haarsträhne (nur sehr symbolisch, es hat nicht wehgetan) und dann wurde mit Wasser gelöscht – warum weiß ich nicht mehr genau. Jedenfalls hob mich Andy als Letzte in den Adelsstand. In der Flasche war noch genügend drin und der Rest wurde über mein Haupt gegossen. Ich war froh, dass wir an einem lauen Sommerabend unterwegs waren.

So bin ich nun eine Baroness zu Wallerstein. – Meine Mitreisenden erhielten jedoch erheblich höhere Titel wie z. B. König und Königin vom Ries und Ähnliches dieser Kategorie. Ich nehme mal an, dass mit dem Namen Wallerstein bereits der gesamte Hochadel des Fürstentums „zu Oettingen-Wallerstein" schon vergeben ist. Na ja, einfacher Landadel ist auch nicht so übel, zumal mir jetzt auch eine ganze Menge Luft ab einer Elle über dem überfahrenen Gelände gehört. Die muss ich mir zwar teilen mit Ollie und Marita, Werner und Traudel und Wolfgang ... Aber wenn ich wieder in der Gegend bin, weiß ich, dass meine Puste mir gehört.

Schön war's!!!!!!

ADVENT BEI WENDTS

Der 1. Advent traf uns etwas unvorbereitet, weil Weihnachten noch eine Ewigkeit von fünf Wochen entfernt war und die Café-Freiluft-Saison aufgrund der milden Witterung lange nicht beendet schien.

Die Vorstellung der Vorweihnachtszeit bedeutet für eine bayrisch-katholische Christin, die ich scheinbar immer noch bin, eine staade (stille) Zeit, in der man sich in aller Ruhe auf das große Fest einstellen kann.

Natürlich gab es einen Adventskranz! Die Vorstellung, kerzenlos in der dunklen Jahreszeit auszuharren, veranlasste mich, die kompletten Bestände an dicken, weinroten Wachslichtern unseres Drogeriemarktes aufzukaufen. Traditionell wird unser Kranz mit Zieräpfelchen und Sternen aus Zimtstangen geschmückt. Er sah entzückend aus! Dazu schmückte ein knallroter Weihnachtsstern unseren Wohnzimmertisch und der Küchentresen erhielt einen Strauß mit Seidenkiefern und ebenso knallroten Ilexbeeren.

Eine Deko, die in ihrer schlichten Schönheit kaum zu überbieten war.

Wenige Tage vor dem 2. Advent zeigte sich der Adventskranz als geschrumpftes Etwas, die Stifte der Kerzenteller ragten 4 Zentimeter in die Luft, die Äpfelchen lagen schrumpelig und braun auf dem ehemaligen Tannengrün und sahen aus wie Lederäpfel im April. Bisher brannte ja nur eine Kerze, die jedoch jeden Tag ausgetauscht werden musste, da der Rand nach kurzer Zeit sich buschig nach außen wölbte, etwa wie aufgespritzte Botox-Lippen. Der Küchenboden war mit Ilexbeeren und Seidenkiefernnadeln übersät und nackte Stängel standen in der Vase. Am Gerippe des Weihnachssterns baumelten nur noch wenige Blätter.

Eigene Plätzchen gab es noch nicht, aber Heiligabend lag ja noch in weiter Ferne. Außerdem hoffte ich auf Selbstgebackenes von diversen Weihnachtsmärkten.

Am 2. Advent standen gleich zwei dieser Events bevor: In der Alten Bürg fand Stadelweihnacht statt. Nieselregen, frühherbstliche Temperaturen und das anheimelnde Licht einer Bahnhofs-

halle, das die fünf Stände im Stadel beleuchtete, dämpften unsere romantischen Vorstellungen.
Es gab keine Plätzchen!
Stattdessen präsentierte man selbst gemachten Senf, knallig-bunt gehäkelte Mützen und eine Auswahl an Vogelhäuschen von einem einheimischen Hobby-Schreiner, zugegebenermaßen sehr hübsch, aber für unseren Balkon eher ungeeignet. Der Punsch schmeckte, Eistee wäre jedoch das angesagtere Getränk gewesen.

Am Sonntag lockte dann der traditionelle Weihnachtsmarkt von Kleinerdlingen im Hof der Freiwilligen Feuerwehr:
Die Ederheimer Blasmusik empfing uns brav und laut mit weihnachtlichen Weisen. Es duftete köstlich nach Glühwein und Grillwürsten. Beides war durchaus lecker. Trotz immer noch lauer Temperaturen spürten wir einen Hauch von Vorweihnachtsfreude.
Und es gab Plätzchen zu kaufen!

An den nachfolgenden Tagen erfolgte der Austausch der desolaten Advents-Dekoration. Ich erstand einen neuen, sehr buschigen Kranz, plünderte erneut einen roten Kerzenbestand, allerdings bei einem anderen Anbieter, ich gönnte uns neue Ilexbeeren, frische Kiefernzweige und Weihnachtsstern Nummer zwei. Die Zimmertemperatur drehte ich um 1,5 Grad herunter. Lieber ein Pulli mehr als verdorrtes Tannengrün!

Leider schmeckten die Plätzchen nicht!

Am 3. Advent wagten wir einen erneuten Weihnachtsmarkt-Versuch auf dem Nördlinger Marktplatz. Unsere Nachbarin Sylvia sollte dort mit ihrer Wirtshausmusik aufspielen. Nach nur hundert Metern gaben wir erschöpft auf, denn ganz Nordschwaben war scheinbar auf den Beinen. Wir stürzten noch einen Punsch in uns hinein und verließen fluchtartig die vorweihnachtliche Unruhe.

Plätzchen fanden wir natürlich auch keine!

Zu Hause zündeten wir aufatmend drei ruhig brennende, nicht schwülstige Kerzen am neuen Lichterkranz an – und dann kam schlagartig die Erkenntnis: In einer guten Woche ist Heiligabend!!!!!!

Es waren noch keine Plätzchen gebacken!

An Weihnachtspost hatte ich auch noch keinen Gedanken verschwendet, keine Geschenke besorgt, der Christbaum harrte noch irgendwo auf unseren Zuschlag und für das Weihnachtsmenü hatten wir bis jetzt nur Rehrücken ausgewählt und der ist leider schon bestellt und liegt mir bereits jetzt schwer im Magen.

Nach Sondierung der zu bewältigenden Aufgaben hakte ich bei Uli vorsichtig nach, ob denn selbst gebackene Plätzchen unbedingt dazugehören müssen. Auch meine langjährige Freundin Verena, die in Berlin lebt, und jedes Jahr selbst gebackene Kekse von mir erhält, könnte vielleicht auch mal mit etwas anderem zufrieden sein. Der zutiefst enttäuschte Blick traf mich mitten ins Herz. Ich erkannte, dass nicht nur das unvollständige Verenapäckchen ihm Sorgen bereitete, sondern auch, dass ich aus der Weihnachtstradition nicht so einfach ausbrechen durfte.

Der darauffolgende Montag artete logischerweise in Hektik aus. Endlich erreichte uns der Weihnachtsstress, wir schwammen wieder mit im Strom: Tannenbaum kaufen, Plätzchen-

Zutaten besorgen, gedankliche Weihnachtsgestaltung und vieles mehr.
Dienstagabend richtete ich wild entschlossen meine Backstube ein, baute alles auf, betrachtete das so Vorbereitete und wartete so lange, bis der Anfall vorübergegangen war. Kreativität braucht manchmal Zeit.

Mittlerweile sind die Plätzchen gebacken, der Duft liegt immer noch in der Luft, der Christbaum leuchtet in hellem Glanz auf dem Balkon, die Karten für die Weihnachtsgrüße warten zwar noch auf Beschriftung, aber besorgt habe ich sie.

Die Kerzen wölben sich noch nicht nach außen, die Ilexbeeren und Fichtennadeln haften immer noch am Zweig und sogar der Speiseplan steht fest:
Heiligabend kommen Würstchen mit Kartoffelsalat auf den Tisch (so haben es unsere Eltern und Großeltern schon gehalten, basta). Der 1. Feiertag fehlt noch und den Rehrücken gibt es am 2. Feiertag.

Und dann wird vielleicht doch alles ganz anders und wir hauen uns am 24igsten abends Shrimps in die Pfanne.

Wir werden das hinkriegen …

EIN BESINNLICHER HEILIGABEND

Weihnachten rückte bedrohlich näher. Uns ereilte der sentimentale Wunsch nach trautem Familien-Beisammensein. Deshalb luden wir spontan Ulis Cousin Horst mit seiner Frau Marja ein. Beide lebten etwas entfernt in München. Horst sagte erfreut spontan zu, äußerte jedoch Bedenken, dass man in unserer Kleinstadt so etwas nicht vor seiner Mutter geheim halten könne. Sie und ihr Mann Kurtl wohnten ebenfalls hier, genauso wie Ulis Mutter. Beide sind Zwillingsschwestern und obwohl ziemlich streitbar, so doch unzertrennlich. Der Familienfrieden sollte nicht in Gefahr kommen. Dieses stichhaltige Argument konnten wir nicht außer Acht lassen und erweiterten die Einladung, nachdem wir kurz überprüft hatten, ob wir auch sieben Gäste an unserem Esstisch platzieren konnten.

Meine Vorstellung von einem gemütlichen Beisammensein mit unkomplizierter Brotzeit verflüchtigte sich im Handumdrehen. Bestand an meinem Plan hatte lediglich Punsch mit Gebäck am späten Nachmittag.

Die weitere Planung gestaltete sich etwas umfangreicher:
Vorspeise: Kürbiscremesüppchen. Danach Avocados mit Shrimps, Räucherlachs mit Sahnemeerrettich, Wildschweinpastete mit Preiselbeer-Relish, Spargel-Schinken-Röllchen mit selbst gemachter Remoulade, gefüllte Tomaten, diverse Salate und als Nachtisch Eistörtchen mit Waldbeerensoße.

Die Vorbereitungen liefen auf Hochtouren, was frisch besorgt werden musste, war bestellt. Einen Tag vor Heiligabend teilte uns Horst am frühen Morgen telefonisch mit, er könne nun doch nicht kommen, ein gesundheitlicher Zwischenfall verhindere die Reise.

Kurz darauf wieder Telefon: Dorchen! Sie erkundigte sich, ob denn unsere Einladung zum kalten Abendbrot trotzdem stattfinden würde. Man hatte sich doch schon darauf eingestellt und sich so gefreut. Nach kurzer Sprachlosigkeit funktionierte meine Stimme wieder und ich sagte zu.

Am frühen Nachmittag des 24igsten begannen wir den Baum aufzustellen und zu schmücken und das Zimmer hübsch zu dekorieren. Traditionell bestückten wir unseren Christbaum immer noch mit echten Wachskerzen. Da dachte ich plötzlich an die beiden quirligen Damen und ihre Gewohnheit, alles, was gefällt, zu befühlen, und die Idee mit den echten Lichtern erschien mir etwas gefährlich. Bestimmt würden sie auch prüfen, ob die Tanne auch natürlich ist, und der Schmuck würde mit Sicherheit genau mit den Händen unter die Lupe genommen werden. Die Zwillingsschwestern verfügten trotz ihres hohen Alters über ein beachtliches Temperament und eine stark ausgeprägte Redegabe. Kurtl hingegen sprach eher wenig bis fast gar nicht.

Uli ergatterte, nachdem er verzweifelt alle Baumärkte abgeklappert hatte, letztendlich noch eine Lichterkette, die sogar funktionierte und dann den Baum beleuchtete. Irgendwie schafften wir es gerade noch rechtzeitig, unsere Vorbereitungen zu beenden, als die Gäste schon mit großem Geschnatter anrückten. Der Baum wurde bewundert und wie erwartet jeder einzelne Anhänger umgedreht. Dann kamen der Punsch und das Gebäck an die Reihe. Um ein bisschen

Beschaulichkeit in die Situation zu bringen, hatte ich beschlossen, die Hirtengeschichte mit Musik von Carl Orff dazu auf CD vorzuspielen. Dummerweise war mir nicht bewusst, dass dieses Stück zum Teil mit ziemlich leisen Texten und stellenweise mit euphorisch lauter Musik inszeniert ist. Während sich die Wangen der Damen nach dem zweiten Becher Punsch und etlichen Keksen röteten, stellten sie fest, dass sie gar nichts hörten. An die verminderte Hörfähigkeit hatte ich auch nicht mehr gedacht. So drehte Uli die Lautstärke bis zum Anschlag auf, damit wenigstens etwas von den Hirtengesprächen ankam. Ob sie wirklich nichts wahrnahmen oder sie den bayrischen Dialekt nicht übersetzen konnten, ich weiß es nicht. Es kam die Stelle, an der die Engel mit Pauken und Trompeten, Dschingdarrassabum, Schellengeläut und Halleluja die Ankunft des Christuskindes verkündigten. Unsere Gäste zuckten höchst erschrocken zusammen, der Punsch im Becher schwappte über und Keksbrösel verteilten sich auf dem Tisch.

Notgedrungen reduzierten wir die Lautstärke wieder. Dorchen bemerkte noch, dass Eugen Roth doch sehr schwere Musik geschrieben habe und dann verlief der Rest der Darbietung im Sande. Schließlich wartete man ja auch schon auf die Suppe. Ich lief sofort los.

Während ich meiner Küchentätigkeit nachging, hörte ich, dass man sich endlich den wesentlichen Dingen des Lebens widmen konnte: Dass, zum Beispiel, Fabian Goldstahl eine Benefiz-Safari in der Wüste für verwaiste Kamelkinder organisierte, dass ein berühmtes Top-Model kurz vor der Scheidung stand, weil sie ihr rückenfreies Flitterkleid versehentlich verkehrt herum angezogen hatte, und dass es im kaukasischen Königshaus auch nicht zum Besten stünde.

Ich servierte die Suppe und noch bevor ich die letzten Teller verteilen konnte, waren die ersten schon leer und es wurde Nachschlag verlangt. Mein Hinweis, dass noch andere Speisen warteten, wurde hinweggewischt. „Egal, Suppe ist immer gut!"

Endlich konnte ich die restlichen Köstlichkeiten auftragen. Da ich leider nur zwei Platten auf einmal tragen konnte, wurde das, was zuerst kam, sofort auf die Teller platziert und verspeist.

Da kam es dann zu einigen Kuriositäten: Dorchen entsorgte ihre Shrimps auf Mutters Teller und bestrich die Avocados dafür mit Sahnemeerrettich. Der Räucherlachs wurde mit Preiselbeer-Relish übergossen. Da die Spargel-Schinken-Röllchen nicht gleichzeitig mit der Remoulade auf den Tisch kamen, wurden sie kurzerhand ausgewickelt und verzehrt. Die Remoulade löffelte man einfach so auf. Für die Wildschweinpastete waren keine Preiselbeeren mehr übrig und nun wurde dafür Senf verlangt.

Offensichtlich schmeckte es allen hervorragend. Über mangelnden Appetit bei den Gästen konnte ich mich nicht beklagen! Auf den Tellern und Platten lagen vorbereitet doch noch eine ganze Menge Speisen, als ich eine Nachspeise in Aussicht stellte. Oh! Erfreutes Staunen. „Dann kannst du ruhig abräumen. Wir nehmen die Reste alle mit. Pack es schon mal ein."

Ich servierte das Eis und die Beerensoße. Auch da wurde nicht lange gefackelt. In Windeseile leerten sich die Teller. Nur Kurtl machte plötzlich schlapp. „Macht nichts, pack das ruhig auch noch ein!"

Inzwischen war es 20 Uhr 15 und Schwiegermutter eröffnete, dass in 15 Minuten das Taxi eintreffen würde und man sich so langsam auf die Socken machen müsse.

Ich kramte alle verfügbaren Aufbewahrungsdosen hervor, um die Reste zu verstauen. Der Taxameter lief schon eine Weile und ich lief noch immer in der Küche hin und her, wie bereits den ganzen Abend.
Dann war der Spuk schlagartig vorüber. Wir sahen noch die Rücklichter des Taxis, winkten fröhlich und kehrten in unser Schlachtfeld zurück. Aber es herrschte plötzlich weihnachtliche Ruhe. Nun machte sich plötzlich auch bei mir ein Hungergefühl breit. Glücklicherweise hatte die Zeit nicht mehr gereicht, um die Kürbissuppe einzupacken. Die habe ich dann doch sehr genossen ...

LADY SPORTIVE

Trotz meines etwas fortgeschrittenen Alters versuche ich den Prozess schwindender Elastizität durch regelmäßige Gymnastik bei unserem hiesigen Sportverein zu verlangsamen.

Vergangenen Freitag erreichte mich eine Hiobsbotschaft mittels eines ausgeklügelten Rundruf-Systems, das wir speziell für unsere Turngruppe entwickelt haben: Unsere Turnhalle soll für Asylbewerber zur Verfügung gestellt werden und unser Training fällt bis auf Weiteres aus!

Der Schrecken fuhr uns allen in die Glieder. Die Aufregung steigerte sich ins beinahe Unerträgliche und trotz aller Toleranz und Loyalität breitete sich erheblicher Unmut aus. Erschrocken musste ich mir eingestehen, dass man Unannehmlichkeiten, wenn sie den persönlichen Lebensraum tangieren, eher negativ gegenübersteht.

Mein lieber Ehemann versuchte mich zu trösten, indem er fundierte Weisheiten aus seiner Lebenserfahrung von sich gab. Die lauteten in etwa: „Jede Veränderung bedeutet auch einen Neuanfang" und er bekräftigte diese sinnvolle Äußerung, indem er mir eine Zeitungsbeilage vorlegte, in der in höchsten Tönen ein Fitnessstudio speziell für Damen gelobt wurde. Als besondere Attraktion wurde eine Schnupperaktion für zwei Monate zum halben Preis angeboten. Diese Alternative schien ihm durchaus verlockend, da dieser Laden in unmittelbarer Nähe unseres Stammcafés eröffnet hatte.

Nachdem die erste Empörungswelle abgeebbt war, entschied ich mich dazu, ernsthaft darüber nachzudenken, und beschloss für den nächsten Vormittag ein Erkundungsgespräch. Diese – inzwischen gar nicht mehr neuen – Institutionen betrachtete ich immer noch mit einer gewissen Skepsis, jedoch überwand ich meine Berührungsängste und stapfte tapfer dorthin. Meinen Gatten wähnte ich gut aufgehoben im Kaffeehaus.

Kaum hatte ich die Schwelle überschritten und die gläserne Schwingtür noch gar nicht ganz geöffnet, stürzte ich in die Arme von Julia: „Ja grüß dich, Monika, was machst du denn hier?

Ich hab dich ja schon ewig nicht mehr gesehen!“ Ich erläuterte kurz mein Problem und sie machte mir Mut: Hier wäre ich richtig gut aufgehoben! Das Trainingsprogramm wird für jede einzelne Person ganz speziell ausgearbeitet und die weiblichen Problemzonen verschwinden ganz von selbst! Mit diesen Worten schob sie mich in die nächsten Arme, in die von Claudia, die sich auch bitteschön ordentlich anstrengen sollte, um mich gut einzuführen. Meine naive Vision vom unverbindlichen Mal-Vorbeischauen schwand dahin. Claudia zückte den Kugelschreiber, klemmte das Aufnahmeformular auf ein Brettchen und begann mit der Anhörung: Name, Adresse, Telefonnummer, Alter (ich kam etwas ins Stottern), Gewicht, Körpergröße, gesundheitliche Probleme, Vorerkrankungen und so weiter. Es erstaunte mich, dass sie mich nicht nach dem aktuellen Hausarztbericht fragte. Die Gepflogenheiten erinnerten mich an die Prozedur vor meinem letzten Aufenthalt im Krankenhaus.

Des Weiteren wurde ich mittels einer Skizze darüber informiert, wie der Muskelaufbau ab- und zunimmt und dass ein Training mehrmals wöchentlich unbedingt erforderlich sei. Außerdem finde einmal wöchentlich ein Meeting statt, bei dem die Muskelmasse ermittelt werde und vom Personal-Trainer ein aktuelles neues Programm erarbeitet werde: „Es wird nicht einfach, aber wir kriegen das hin!“

Ich war nun schon ziemlich eingeschüchtert und fühlte mich wie eine eingerostete, unbewegliche, ziemlich alte Seniorin. Dennoch wagte ich zu fragen, in welcher Art und Weise die Übungen denn stattfinden würden. Sie zeigte mir den Platz, an dessen Rand wir die ganze Zeit gestanden hatten.

Ich registrierte einen nicht allzu großen Raum, in dem kreisförmig etliche größere Monitore aufgestellt waren. Davor standen moderne Gymnastikbänkchen, die mir bereits als Folterwerkzeuge aus unserer Turn-Riege bekannt vorkamen. Die trainierenden Damen trappten dann nach einem vorgegebenen Rhythmus hinauf und wieder herunter, schnappten sich anschließend diverse Hanteln und weiter ging’s nach Bildschirmangabe.

Nach dieser anschaulichen Vorführung interessierten mich nun doch weitere körperstärkende Angebote.

„Du Monika (es herrschte von Anfang an ein familiärer Ton), das ist unser optimales Muskelaufbautraining, das überhaupt nicht zu toppen ist, es wird für jeden individuell ausgearbeitet und du wirst ganz speziell betreut. Begib dich in unsere Hände, du wirst topfit werden …“

Dann zeigte sie mir noch die Erfrischungsecke. Auf einem kleinen Gartentischchen standen aufgereiht einige Fitnessdrinks. „ Wenn du dich mal erholen willst, es ist immer was da.“ Erholung hatte ich nach dieser eindringlichen Einführung in der Tat nötig, aber Kaffee gab es nicht.

Da ich immer noch im Mantel dastand, bildeten sich bereits diverse Schweißtröpfchen auch ohne Rumhüpfen und irgendwie sehnte ich mich danach, das Gespräch doch zu Ende zu bringen.
Mittlerweile war das Antragsformular erstellt und es harrte meiner Unterschrift. Tatsächlich brachte ich die Kraft auf, nach dem Preis zu fragen. „Ach ja, das hätte ich beinahe vergessen. Am besten, du nimmst gleich ein Jahresabonnement, da kannst du kommen, so oft wie du willst (Fingerzeig auf den Preis) oder du machst es monatlich, dann kostet es das (erneuter Fingerzeig, etwa ein Drittel mehr).“

„Also, was sagst du?“ Nun, die Kosten übersteigen erheblich meine Erfahrungswerte von einschlägigen Fitnessstudios und ich erbat mir Bedenkzeit.

Plötzlich flog die Tür auf und mein Uli stürmte in diese Frauenenklave, die trainierenden Damen unterbrachen entrüstet das Training, mir strömte die Schamesröte ins Gesicht, doch er erkundigte sich gut gelaunt nach dem Verlauf der Verhandlungen. Letztendlich hat mich diese Unterbrechung doch aus dem Klammergriff befreit und es gab einen Grund, schnell das Weite zu suchen. Claudia entließ mich schweren Herzens, natürlich nicht, ohne mir noch einen Termin für eine Schnupperstunde aufs Auge zu drücken.

Nach meiner Rückkehr nach Hause teilte mir der Anrufbeantworter mit, dass die anfangs erwähnte Hiobsbotschaft auf einem Missverständnis beruht hatte und dass unsere altbewährte Gymnastiktruppe weiterhin bestehen bleibt.

Ich sagte die Schnupperstunde ab …

PRAG-REISE

Eines Tages eröffnete mir Uli, dass er beschlossen hatte, seine etwas in die Jahre gekommenen Zähne bei einem professionellen Zahnarzt in Prag restaurieren zu lassen. Ein Termin war bereits vereinbart und ich durfte mit. Zugfahren erschien uns angebracht angesichts eventuell auftretender medizinischer Misslichkeiten.

An einem Dienstag Ende April ging die Reise los, über Donauwörth und Nürnberg ging es und ab Nürnberg bezogen wir unser reserviertes Abteil ganz für uns alleine. Bei herrlichem Sonnenschein genossen wir die vorbeiziehende Frühlingslandschaft, obwohl der ICE ziemlich unsanft über die tschechischen Gleise holperte. Unser Frühstück nahmen wir im fast leeren Speisewagen ein und vertilgten genussvoll Spiegeleier mit Schinken, ganz frisch zubereitet in der winzigen Bordküche. So einen Luxus kennt man bei der Deutschen Bahn AG schon lange nicht mehr. Die Preise jedoch waren dem westdeutschen Niveau durchaus angeglichen. Für ein weiteres Omelett, drei Budweiser und zwei kleine Kaffee mussten wir unsere Reisekasse um 40 Euro schröpfen. Wir reisten ausgesprochen kultiviert!

Nach unserer Ankunft liefen wir direkt einem Taxifahrer in die Arme, der uns zum Hotel chauffieren wollte. Wir saßen bereits im Auto, als Uli nach dem Preis fragte: 400 Kronen! Das ließ Uli nicht mit sich machen, er wollte die Fahrt für 200 Kronen. Das wiederum ließ der Taxler nicht mit sich machen und stürzte aus dem Wagen. Ich glaubte schon, er würde uns jetzt rausschmeißen. Aber nein, er schleppte einen Kollegen herbei, der uns für weniger befördern wollte. Ehe wir noch nachdenken konnten, war unser Gepäck umgeladen, und wir erreichten unser Hotel für den halben Preis.
Lektion Nr. 1: Man muss mit den Tschechen handeln und sie sind noch nicht einmal beleidigt.

Unser Ersatz-Taxifahrer hieß Pavel, ein junger, fröhlicher Musikfreak, der, wie er gleich bekannt gab, bei großen Konzertevents kräftig mitmischte. Er bot sich sogleich an, uns während unseres Aufenthalts jederzeit zu chauffieren, und das Angebot nahmen wir dankbar an.
Das gutbürgerliche Hotel lag sehr zentral, unweit von der stark befahrenen Umgehungs-

straße. Die vorsorglich eingepackten Ohrstöpsel, ursprünglich als Schnarchbremse vorgesehen, erzielten nun einen doppelten Effekt.

Da waren nun also in der „Goldenen Stadt“. Ich weiß mittlerweile genau, warum sie so heißt: Weil auf fast allen Kirchen (ca. 200 an der Zahl) kleine vergoldete Türmchen mit Goldkugeln angebracht sind. Reisen bildet eben! Gleich nach unserer Ankunft bestand mein Uli auf der Durchführung einer kleinen Sightseeing-Tour. Meine schicken Pumps tauschte ich gegen Turnschuhe aus, wobei ich dummerweise die unbequemere Version beim Einpacken gewählt hatte. Es ist mir bis heute ein Rätsel, wie es die ganzen schicken Ladys mit ihren Stöckelschuhen auf dem Kopfsteinpflaster aushalten.
Lektion Nr. 2: Gutes Schuhwerk ist in Prag angebracht.

Eine detaillierte Beschreibung dieser prächtigen, toll restaurierten und sauberen Stadt erspare ich mir an dieser Stelle, denn das kann man besser und genauer im Reiseführer nachlesen.

In dem zauberhaften Innenhof einer Jugendstilkneipe hielten wir Happy Hour ab und dann ging es weiter, am berühmten Pulverturm und herrlichen Prachtbauten vorbei zur Moldau. Nach etwa zwei Stunden glaubte ich Klötze an den Füßen zu haben, mein Magen war hohl und die Suche nach einer gemütlichen Kneipe erschien mir durchaus angebracht. Uli jedoch hatte es plötzlich eilig ins Hotel zu kommen und gestand mir mit Schweißperlen auf der Stirn, dass er dringend das Badezimmer aufsuchen müsse.
Lektion Nr. 3: Gehe in Prag immer rechtzeitig aufs Klo, man weiß nie, wann das nächste kommt!

Die Rettung erfolgte in Form einer gemütlichen Kellerkneipe und wir legten eine Zwangspause ein. Die Speisekarte war vielversprechend, die Preise nahezu lächerlich günstig, alle Tische voll besetzt, doch glücklicherweise erhielten wir nach kurzer Wartezeit einen Platz. Uli dirigierte per Handy seinen Freund Arno, der zur Zeit auch in Prag weilte, in die Lokalität, und beschrieb, dass das Lokal Garibaldi oder so ähnlich hieß. Woher sollte er wissen, dass es sich dabei um den Namen eines einheimischen Bieres han-

delte. Arno fand uns trotzdem. Die Getränke mundeten, aber das Essen …!
Lektion Nr. 4: Nicht jedes nette Lokal hat auch einen guten Koch.

Uli und Arno feierten feuchtfröhlich ihr Wiedersehen, bis die Stühle auf den Tisch gestellt wurden. Danach musste schon noch ein Absacker her. Gleich um die Ecke kannte unser Freund ein schickes Nachtcafé, das CREDO; und die beiden feierten weiter bei Frank-Sinatra-Songs und ähnlichen Swing-Nummern, bis mich gegen halb eins die Kraft verließ. Ich zog mich ins nahegelegene Hotelzimmer zurück. Die beiden jedoch haben noch bei weiteren zwei Lokalitäten die Sperrstunde ausgesessen. So ein glückliches Wiedersehen muss halt begossen werden.

Bei der Stadtrundfahrt am nächsten Morgen hielt sich mein Uli erstaunlich tapfer, obwohl wir schon um 9 Uhr abgeholt wurden. Die Reisegruppe bestand aus vier Engländern, uns und dem Reiseführer, einer humorvollen Mischung aus tschechisch-polnischem und englischem Landedelmann. Sein Englisch war exzellent und ein bisschen deutsch konnte er auch. Allerdings übersetzte er immer nur die letzten Stichworte in unsere Sprache. Als wir dann zu Fuß die Burg besichtigten, weigerte er sich standhaft, das Reiseführer-Markenzeichen „Regenschirm“ aufzuspannen, was zur Folge hatte, dass wir ihn manchmal aus den Augen verloren. Jedoch hatte er sich seine Schäfchen sorgfältig eingeprägt und setzte die Besichtigung erst nach dem Abzählen fort.

Mittags stärkten wir uns in der Jugendstilkneipe von gestern im sonnigen Innenhof und speisten diesmal vorzüglich. Danach wurde es für Uli Ernst: Der hauptsächliche Grund für die Prag-Reise, der Zahnarzttermin am Nachmittag, rückte bedrohlich näher. Nicht genug damit, dass er dem Doktor seine verkaterte Situation erläutern musste, es standen auch fünf Wurzelbehandlungen an. Wir vereinbarten eine Handy-Nachricht für den Fall, dass er die Tortur einigermaßen blessurenfrei überstehen sollte. Ich machte mich erneut auf die Socken in Richtung Innenstadt. Etwas genervt von dem Massentourismus sehnte ich mich nach einem ruhigen Plätzchen an der Moldau, das gab’s aber nicht! In einem Café am Flussufer ertrug ich die Beschallung mit lauter Popmusik und schlürfte einen sündhaft teuren doppelten Espresso. Ziemlich fußlahm (siehe

Regel Nr. 2) watschelte ich zurück ins Hotel, um auf meinen malträtierten Ehemann zu warten.

Endlich, so gegen 19 Uhr, ich saß in der Hotelbar bereits beim zweiten Schoppen, kam er leicht derangiert zurück, sicher und unterhaltsam chauffiert von Pavel. Trotz Sprachschwierigkeiten klappte die Verständigung so hervorragend, dass die beiden ihre halbe Lebensgeschichte ausgetauscht hatten. Uli, erstaunlich gut drauf, orderte umgehend ein Pivo (Bier). Nach dem Nachlassen der Spritzen war er nahezu schmerzfrei. So was hatte ich bei meiner langjährigen Zahnarzterfahrung noch nie erlebt. Der Dr. Schmutzler – eigentlich schreibt man ihn anders – muss wirklich eine Koriphäe sein!

Als Abendessen empfahl sich dennoch eher eine Weichspeise und wir wurden fündig beim Italiener um die Ecke. Danach stand uns der Sinn nach einem kleinen „Night-cup“ und bei lauen Sommernachtstemperaturen marschierten wir in Richtung „CREDO“. Irgendwie kam uns die Stadt plötzlich ganz fremd vor, obwohl wir uns nur wenige Gehminuten vom Hotel entfernt hatten. Im Dämmerlicht sah doch alles ganz anders aus! Ungeschickterweise hatte ich mich von

Ulis Routenvorschlag distanziert. Eine grobe Überschätzung meines Orientierungssinnes führte uns in Gefilde, die wir noch nie betreten hatten. Nach etwa einer Stunde, der Stadtplan nützte uns in der Dunkelheit gar nichts mehr, fragten wir einen Hotelportier, der sogar Deutsch sprach. Meinen Anhaltspunkt, eine große schwarze Kirche mit Goldkugel, gab es leider circa zweihundertfach. Irgendwie fanden wir den Namen heraus und der nette Herr beschrieb uns den Weg. Nach einem halbstündigen Fußmarsch erreichten wir doch sehr durstig und schon wieder fußlahm unser Ziel. Ein paar ordentliche Drinks, und Songs, diesmal von Samy Davis jr., und wir waren wieder einigermaßen hergestellt. Mit meinem Orientierungssinn werde ich so schnell nicht mehr prahlen ...

Am nächsten Morgen, der für Uli tatsächlich schmerzfrei war, stand eine Moldaurundfahrt an – und die berühmte Karlsbrücke hatten wir auch noch nicht betreten. Uli hatte bereits vor einiger Zeit das Vergnügen gehabt, schwärmte mir von den netten jungen Leuten vor, die in Matrosenanzügen die Touristen anheuern und sie dann an einen finsteren Anlegeplatz unter der Brücke locken würden. Auf dieses Abenteuer konnte ich nicht verzichten und nach einigen Umwegen durch die Touristenmassen standen sie plötzlich da, die kleinen Matrosen. Wir liefen einem Mädel hinterher, das uns tatsächlich zu der verliesartigen Liegestelle führte, und wir kletterten in das kleine Boot. Zwei Bier waren im Preis mit inbegriffen. Unsere flotte Skipperin mit wippendem Pferdeschwanz hieß Barrbarraa und krähte fröhlich auf Englisch gegen den Außenbordmotor an. Verstehen konnten wir nicht viel, aber die Fahrt war sehr vergnüglich. Prag vom Wasser aus zu betrachten bedeutet eine ganz besondere Perspektive. Zurück an Land empfing uns auf der Karlsbrücke eine Dixieland-Band. Das war der absolut passende Rahmen für diese historische Umgebung. Mit Megaphon und klassischer Besetzung jazzten sie professionell vor sich hin.

Viel Zeit blieb uns nun nicht mehr bis zur Abreise. Pavel, unser frisch erkorener Privatchauffeur, wartete bereits vor dem Hotel. Aber ein kleines Mittagessen sollte schon noch sein. Wir landeten, wie könnte es anders sein, am Altstätter-Ring beim Italiener auf der Terrasse. Kein Wunder, dass Uli von italienischem Flair schwärmte. Das Essen war dann ebenso wenig italienisch

wie der überzogene Preis, aber wir ließen in der warmen Prager Sonne noch mal die Stadt auf uns wirken.
Auf der Rückfahrt führte der Zug uns wieder durch die beschauliche Landschaft. In diesen wenigen Tagen hatte der Frühling die Natur in saftiges Grün getaucht. Wieder passierten wir die niedlichen Datschas, die sich als eine Art Laubenpieper-Siedlung entlang der Bahngleise aufreihten: Miniatur-Bauerhäuschen mit extrem spitzen und hohen Dächern und wunderschönen großen Gärten drumherum. Gemütliche Speisewagen-Sitzungen waren diesmal nicht drin, weil der Waggon von Eishockeyfans in Beschlag genommen worden war. Wir stellten erstaunt fest, dass die Gruppe sich im Gegensatz zu den uns bekannten Fussball-Rowdies einigermaßen zivilisiert verhielt.

Ganz sicher war das nicht mein einziger Besuch in dieser wundervollen goldenen Stadt. Vielleicht lerne ich dann auch die berühmte böhmische Küche kennen. Ich werde suchen und mir dann auch vornehmen, mein Englisch auf Stichworte zu begrenzen, denn mit ganzen Sätzen bin ich nicht recht weitergekommen und die Bewohner, die früher mal Deutsch gelernt hatten, weilen vermutlich nicht mehr unter uns. Regel Nr. 2 (Schuhwerk) werde ich auch ganz bestimmt befolgen!

Ach ja, auch bei Ulis späteren Zahnarztbesuchen diente ihm Pavel als zuverlässiger Privatchauffeur.

DAS REHRAGOUT

Wir schenken uns grundsätzlich nichts zu den Geburtstagen – schließlich haben wir beide ein gewisses Alter erreicht, in dem es nichts mehr Besonderes bedeutet, dass man irgendwann mal vor Jahrzehnten geboren wurde.

Ulis Zweiundsiebzigster nahte. Ein bisschen gemütlich sollte dieser Tag schon gestaltet werden und wir beschlossen, mittags in unserer Lieblingswaldwirtschaft eine der Wildspezialitäten zu genießen. Ich bestellte einen Tisch und Tanja, die Wirtin, schlug Wildgulasch vor. Das hörte sich gut an.

Sofort erinnerte ich mich an ein bestimmtes Lied, kommend aus der traditionellen Volksmusik: „Ja, heit gibt's a Rehragout." – Die Volksmusik gehört nun nicht gerade zu unseren bevorzugten Musikrichtungen. Jedoch dieses Stück, gespielt und gesungen von einer zünftigen Blaskapelle, entbehrt keineswegs einer gewissen, sehr amüsanten musikalischen Unterhaltung.

Am nächsten Tag suchte ich unser ortsansässiges Fachgeschäft auf, um eine CD zu bestellen, die dieses Lied beinhaltete. Ich wurde fündig und orderte.

Einen Tag vor dem Ereignis war die Scheibe immer noch nicht da und ich griff auf ein Sonderangebot zurück mit gleich vier CDs, und diese Melodie war tatsächlich auf der allerletzten Seite das allerletzte Stück. Ich war zufrieden mit mir – man muss sich manchmal nur zu helfen wissen.

Die Vorbereitungen für den großen Tag weiteten sich wider Erwarten nun doch ein bisschen aus. Das Album musste eingepackt werden, eine Schachtel Pralinen und ein selbst entworfenes Geburtstagsschreiben hergestellt werden und Blumen fehlten auch noch. Der Blumenhändler arrangierte ein traumhaftes, riesiges Bukett aus Ranunkeln für einen ebenso traumhaften Preis.

Am nächsten Morgen bereitete ich ein wunderschönes Frühstück mit frischen Semmeln, Aufschnittplatte, Marmelade, Tee und Kaffee, Kerzen und so weiter vor. Den Blumenstrauß und die Geschenke drapierte ich kunstvoll auf dem

Gabentisch und ich selbst präsentierte mich gut gelaunt und so fröhlich, wie es meine sonst eher muffelige Stimmung zuließ. Irgendwie bin ich an diesem Morgen wohl über mich selbst hinausgewachsen.

Bis dahin war noch alles perfekt und dann ging es ans Geschenke-Auspacken: Als Erstes war der Brief an der Reihe. Ich musste zur Kenntnis nehmen, dass mein Text möglicherweise nicht ins Schwarze getroffen hatte. – Ich verriet nach den üblichen Ovationen nämlich, dass er in Kürze seine Lieblingsspeise, das Rehragout, gleich in dreifacher Ausführung aufgetischt bekommen würde. – Verständnisloses Kopfschütteln. – Dann kam das kleine Päckchen mit der CD dran. Die Reaktion war erschütternd! Uli erblasste, verschluckte sich an seiner Semmel und krächzte: Was soll das denn, willst du mich in meinem Alter noch umerziehen?

Vielleicht wurde er langsam zu alt, um meinen Humor zu verstehen ... Dann entdeckte ich die Ursache des Desasters. Mein Überschwang hatte mich dazu verleitet, ein Album mit „volkstümlicher Musik" zu erwerben, und darauf waren unter anderem die Südtiroler Hosenjäger, Andy

Kabale, Fabian Goldstahl, Heidi und die Hasenkätzchen und viele andere, die es geschafft hatten, die alpenländische Musiktradition schlagermäßig zu verunglimpfen.

Tja – es gab Erklärungsbedarf! – Es gelang nicht wirklich …
Es musste noch ein weiteres Päckchen ausgepackt werden. Unsere liebe Freundin Isy, mit der uns eine jahrzehntelange Treue verbindet, hatte es versandt.

Nachdem Uli zuerst vorsichtig an die Operation heranging, jedoch in Clinch mit den Klebebändern kam, griff er beherzt zum Tapetenmesser, um den Vorgang zu beschleunigen. Das Ergebnis war ein ziemlich derangierter Karton, die oben aufliegende Karte war aufgeschlitzt, aber noch lesbar und der Inhalt offensichtlich unbeschädigt. Als Erstes kam ein kunstvoller handgeschmiedeter Friedensengel aus Kupfer zum Vorschein. Er war gebettet auf einer üppigen Unterlage, die aus Zigarettenpackungen bestand. Die Marke: Außen rot, mit weißem Dreieck auf der Schachtel. Als man für derartige Dinge noch werben durfte, wurde dieser Artikel stets in Verbindung mit wettergegerbten Cowboys und kaum gezähmten Mustangs aus dem wilden Westen in Verbindung gebracht.

Wir verstanden die Botschaft: „Friede sei mit euch, ihr sündigen Raucher!“ – Möglicherweise hören wir nach dem Genuss des starken Tobaks tatsächlich auf mit unserem Laster …

Der Kaffeeklatsch im Bajazzo mit dem obligatorischen Freikaffee gehörte nun zum Pflichtprogramm. Neben der üblichen Flachserei ließ man Uli auch ordentlich hochleben, aber Farbe zu bekennen zu seinem Alter gehörte schon auch dazu. Das war keine besondere Tragik, denn wir stammen alle so in etwa aus demselben Jahrzehnt. Der Genuss seines eigenen Heißgetränks wurde ihm etwas verwehrt, da die Gäste wie üblich tröpfchenweise eintrafen und er als Jubilar stets neu ordern musste. Der Arme! Zuerst der Geschenkeschock und nun konnte er noch nicht einmal dabei sein, als wir ihn feierten, weil er ständig zwischen Theke und Tisch unterwegs war.

Nach diesem Ritual bereiteten wir uns mental auf das „Rehragout“ vor und traten die kleine Reise aufs Land an.

Der reservierte Lieblingstisch war hübsch gedeckt, mein Ehemann sah sich erneut überhäuft mit frommen Geburtstagswünschen: „Vor allem Gesundheit, das ist das Wichtigste!" Ich überreichte Tanja die CD, denn sie sollte damit ja für die passende musikalische Untermalung zum Diner sorgen. Nun war alles rund: Das Ragout schmeckte köstlich! Es gab Spätzle und Blaukraut dazu und vorab einen Salatteller mit Himbeerdressing und frischen Himbeeren. Vor dem Fenster blickten wir auf einen frisch mit Schnee bestäubten Winterwald, der in der Sonne glänzte. Das Geburtstagskind war begeistert und es hätte sich zufrieden zurücklehnen können, wenn da nur nicht diese gewöhnungsbedürftige Musik gewesen wäre! Das war nun wirklich nicht der Song, wie wir ihn zu schätzen gelernt hatten. Lediglich die Gäste am Nachbartisch – sie waren bereits im Aufbruch begriffen – hielten inne und lauschten verzückt. Das Lied wurde noch mal wiederholt und sie blieben noch ein kleines Weilchen, sangen und wippten ein bisschen mit. Irgendwie gibt es doch für alles verschiedene Betrachtungsweisen …

Wir überließen das Album der Wirtin für besondere geschmackliche Härtefälle, denn irgendwann wird das musikalische Rehragout schon eintreffen. Das kulinarische jedenfalls übertraf alle Erwartungen. – Auch ein etwas missglücktes Geschenk kann manchmal ungeahnte Heiterkeit erregen.

DER GANZ NORMALE ALLTAGS-WAHNSINN

Es gab einige Wochen, in denen wir von einer Pechsträhne verfolgt wurden, die sich gewaschen hatte:

1. Der Herd war kaputt. Die Temperaturanzeige des Backofens, leider nicht digital, sondern manuell, hatte einen Filmriss, das heißt, dass man die Grade an dem hübsch grün leuchtenden Display nicht mehr ablesen konnte und nicht wusste, wie heiß das Gerät gerade war. Backofengerichte gab es nach der ersten Verkohlung nicht mehr. Ein windiges Plastikteil von gerade mal fünf mal fünf Zentimetern musste extra bestellt werden, kostete 50 Euro und inklusive Einbau waren wir mit 130 Euro dabei.
2. Das Internet hatte sich uns verweigert und die Telekom hatte uns für die Recherche eines Mitarbeiters schlappe 90 Euro abgeknöpft.
3. Die Geranien in den Trögen vorm Haus waren so stark vom Rost befallen, dass sie einzugehen drohten. Sie kamen schon verseucht von der Überwinterung zurück. Dafür drückte

uns der Gärtner dann die doppelten Kosten im Vergleich zum Vorjahr aufs Auge. Auf meine vorsichtige Nachfrage, was das zu bedeuten hätte, verlor er die Contenance und erklärte mir schriftlich, dass es wohl mit meinen Rechenkünsten nicht weit her sei, denn sonst müsste ich ja erkennen, dass diese Pflanzen vier Quadratmeter in Anspruch nähmen. Den Rostbefall erwähnte er mit keinem Wort. Mit meinen rhetorischen Künsten hatte er wohl nicht gerechnet, denn mein Antwortschreiben rückte die Tatsachen ins rechte Licht und ich hoffe noch heute, dass er sich in Grund und Boden geschämt hat. Als Kundschaft hatte er mich verloren. Das Dumme war nur, dass ich der Pflanzenkrankheit nun selber auf den Leib rücken musste, um einmal in der Woche vermummt wie ein Marsmensch die Giftspritze zu zücken. Die rhetorische Giftspritze liegt mir mehr!

4. Keine Sorge, die Pannenserie war noch lange nicht vorüber. Als Nächstes gab unsere Haustürklingel ihren Geist auf. An einem schönen Montagmorgen wartete ich auf den Tiefkühl-Mann. Um 11 Uhr reklamierte ich bei der Firma und man teilte mir vorwurfsvoll mit, dass er ja schon um 9 Uhr da gewesen sei und

später auch noch zweimal und keiner auf sein Klingeln reagiert hätte. Ein Test bestätigte: Dieses Teil ist auch hinüber. Flugs besorgte ich im Baumarkt eine Ersatzschelle, damit Uli sie am Wochenende montieren konnte. Das machte er dann auch, nur bimmelte sie immer noch nicht. Uli war in seiner Heimwerker-Ehre zutiefst gekränkt und versprach, es am darauffolgenden Wochenende noch einmal zu versuchen. Ich bestellte den Elektriker. Der entdeckte dann eine durchgebrannte Sicherung in einem Trafo, von dem ich bisher überhaupt noch keine Ahnung gehabt hatte. Er montierte das neue Teil und ich war wieder erreichbar. Am nächsten Tag klingelte es Sturm. Ich rannte hinaus. Es war der Getränkelieferant: „Frau Wendt, ich habe nur ganz leise geklingelt und nun hört sie nicht mehr auf!“ Ein kräftiger Schlag brachte das Ding zum Schweigen. Von diesem Zeitpunkt an machte sich die Bimmel selbstständig und trat ohne äußere Einwirkung in unregelmäßigen Abständen in Aktion. Jedes Mal stürmte ich hinaus, um ihr einen Schlag zu versetzen. Uli erlöste mich dann am Wochenende und ersetzte die Klingel durch eine neue. Ab dann war Ruhe, außer jemand besuchte mich wirklich.

5. Weiter ging es dann, als ich verwelkte Pfingstrosen durch frische Zweige ersetzen wollte – es war ein recht windiger Tag. Ich arrangierte die Zweige im Hof hübsch in dem antiken Apotheker-Gefäß, das Uli vor 20 Jahren von abgeschlossenen Filmaufnahmen mitgebracht hatte. Dann fegte eine Windbö durch den Hof und tausend Scherben lagen auf dem Boden. Da zerdrückte ich dann schon ein paar Tränchen …
6. Am Freitag (es war nicht der dreizehnte) hatte ich vormittags mal wieder meine Friseurin zur Verschönerungsaktion bestellt. Ich war ein bisschen im Stress, weil Ada zum Geburtstagsfrühschoppen eingeladen hatte, eigentlich Putztag war, weil sich für Samstagabend Besuch aus Frankfurt angekündigt hatte und überhaupt noch tausend Dinge darauf warteten, erledigt zu werden. Also wollte ich wenigstens noch die Spülmaschine aktivieren. Sie war voll! Es machte „Bumm“ und die Hauptsicherung flog raus. Während ich versuchte den Strom wiederherzustellen, beförderte ich noch schnell eine Kakerlake ins Jenseits. Beim zweiten Spülversuch versagte er-

neut die Elektrizität und ich erkannte blitzschnell: Auch dieses Gerät hat mich im Stich gelassen ...

7. Derjenige, der den Spruch erfunden hat, dass immer drei Missgeschicke aufeinander folgen, hat keine Ahnung. Ich bin jetzt schon bei Numero 7! Am Sonntag darauf beschlossen wir, den ersten Sommertag mit Grillen zu begehen. Ich bereitete Schweinefilet-Spieße und Würstchen vor und legte Gemüsespieße in Kräuteröl ein. Gerade, als ich meinem tapferen Grillmeister ein Bier aus dem Keller holte, schepperte es fürchterlich. Ahnungsvoll betrat ich den Hof und fand meinen Uli mitten in einem Glasscherbenhaufen vor. Die altbewährte, 50 Jahre alte Auflaufform seiner Mutter aus Jenaer Glas war ihm entglitten. Ich weinte um die Schüssel und er um den mit Glassplittern vermischten Knoblauch. Die Spießchen waren ebenfalls hinüber. Nach einer halbstündigen Putzaktion konnten wir unser Mittagessen mit ziemlich verschmorten Würstchen einnehmen.
8. Ach ja, und Ulis Handy hatte in der vergangenen Woche ebenfalls seinen Geist aufgegeben, ein neues Gerät musste erworben werden mit

den ganzen Programmier-Aktionen, die so eine Neuanschaffung erfordert.

9. Zu guter Letzt hatte mich ein scheußlicher Sommerschnupfen überfallen. Meine Stimme klang wie ein Reibeisen, die Vorräte an Papiertaschentüchern schwanden beängstigend schnell und Stimmung und Wohlbefinden rutschten auf einen Tiefpunkt.

Schön wär es ja gewesen, wenn wir unser Kontingent an Pleiten, Pech und Pannen für die nächste Zeit ausgeschöpft hätten. „Positiv in die Zukunft blicken!“ machte ich mir ab sofort zur Devise. Ich beschloss, dass ein paar so lächerliche Kleinigkeiten mich in Zukunft nicht mehr ins Bockshorn jagen sollten. Ganz klar, dass dieser fromme Wunsch sich nicht realisieren ließ.

Das Leben ist halt manchmal nicht ganz einfach …

SOMMER IN PREROW

Prerow liegt auf der Halbinsel Fischland-Darß an der Ostseeküste südwestlich von Rügen. Dorthin wurde ich im August 2015 „verschickt“. Und mit mir noch weitere zweihundert reha- und erholungsbedürftige Mitmenschen. Glücklicherweise reisten in dieser illustren Gruppe gleichzeitig drei Mitpatientinnen an, für die allein sich diese Reise schon gelohnt hätte.

Marga lernte ich zuerst kennen:
Die vorläufige Endstation meiner etwas mühsamen Bahnreise war Ribnitz-Damgarten. Dort stand sie am Bahnhof vor einem Großraumtaxi – schlank, sportlich, etwa in meinem Alter (frühes Seniorenstadium), dunkle, kurze Haare – und begrüßte mich mit einem herzlichen und sympathischen Lächeln. Flankiert wurde sie von einem wuchtigen, sehr großen Taxifahrer und einer kurzhaarigen, spitznasigen, schmallippigen Blondine etwa gleichen Jahrgangs in einem etwas zu jugendlichen, „sommerfrischlichen“ Outfit. Das war Resi.

Resi aus dem oberbayrischen Raum (genauer Kochel am See) erkannte bei mir sofort eine regional bedingte Gemeinsamkeit und unterstrich das mit einem saftigen „Grüß Gott – *mia wern uns scho no kennalerna. Mir san hier alle per du und i war vor a paar Joar scho amoi da*“. Natürlich erklomm sie spontan den Sitz neben dem Fahrer – „*weil i kenn mi da aus und na konn i eich was zur Gegend sagn!*“. Das war jedoch nicht nötig, denn unser Chauffeur holte zu einer umfangreichen Beschreibung seiner Heimatregion aus. Resi kam nur kurz zu Wort, wenn er Luft holen mute. Allerdings lief sie zur Höchstform auf, als unser Chauffeur in höchsten Tönen die Vorzüge der Freikörperkultur an der Ostsee pries. So erfuhren wir „Hinterbänkler“ schon während der dreiviertelstündigen Fahrt ziemlich viel über unsere Mitpatientin – unter anderem, dass sie ihren Luxuskörper „*no durchaus herzoang ko*“.
Marga und ich wechselten vielsagende Blicke und es kristallisierte sich bereits ein gegenseitiges Einvernehmen heraus.

Gleich bei unserer Ankunft wurden wir begrüßt mit einer Konzertveranstaltung, die in der hauseigenen Cafeteria gerade vorbereitet wurde. Zu unserer großen Überraschung bot man kühles Bier sowie Weiß- und Rotwein in durchaus passabler Qualität an. Das hat mich schon sehr versöhnt, denn schon während der Endphase der Anreise sehnte ich mich nach einem Dämmerschoppen.

Die Harmonie des ersten Abends wurde dann doch noch empfindlich gestört, als ich versehentlich Resis Trolley auf meinem Zimmer deponiert hatte und sie das Personal durch Diebstahlsmeldung in helle Aufregung versetzt hatte. Das Missverständnis konnte bereinigt werden und wir lauschten weiteren Details aus Resis Lebens- und Krankheitsgeschichte, umrahmt von den Klängen des mehr oder weniger professionellen Provinzduos. Resi drohte dann noch mehrmals, *„daß mia ois mitanand macha in dene drei Wocha, weil i ko eich so vuil zoang. Mir leihn uns glei morgn alle mitanand Radl und na kenn ma scheene Touren macha."* In Gedanken arbeiteten Marga und ich fieberhaft an einer Lösung, um dem Klammergriff entfliehen zu können.

Das mit den Fahrrädern erledigte sich wenige Tage später von selbst. Meine romantischen Vorstellungen von gemütlichen Fahrten, einsam in der schönen Natur, wurden äußerst unsanft in die Realität befördert. Mit meinem frisch erworbenen Leihrad musste ich mich in wahre Völkerwanderungen von Gleichgesinnten einreihen. Familien mit jeweils mindestens drei Kindern, selbsternannte Tour-de-France-Anwärter, Hunde-Gassigeher und etliche Wandersleute drängten sich in nicht enden wollenden Pulks auf den wenigen befahrbaren Wegen zusammen. Ich gab das Fahrzeug wieder zurück.

Zu meinem großen Bedauern wiederholte sich das Gedränge an der nahegelegenen Meeresküste. Ein Strandkorb reihte sich an den anderen und Resis hochgelobte Freikörperkultur fand just in unmittelbarer Kliniknähe statt. Die baumelnden und wabbelnden Körperteile der Badenden trieben mir die Schamesröte ins Gesicht. So eine Art von Strandleben ist einfach nicht meine Welt. Morgens und abends jedoch konnte man die Schönheit dieses traumhaften Fleckchens Erde ziemlich allein und in all seiner Schönheit genießen.

Mein erster Eindruck von unseren Mitbewohnern in der Klinik, speziell bei den Gästen in der Cafeteria, erweckte in mir die Vermutung, dass eine Seniorenkaffeefahrtgesellschaft aus Wanne-Eickel eingetroffen war. Die Herren kleideten sich vorzugsweise in den obligatorischen Jogging-Anzügen (die mit den seitlichen Streifen), oder sie trugen hellbraune Trevirahosen mit Hawaii-Hemden. Dazu Sandalen und beigefarbene Socken. Die Damen mit meist frisch ondulierten Dauerwelllöckchen zeigten sich ähnlich modisch. Der Geräuschpegel in diesem Hauptaufenthaltsraum erinnerte mich stark an die bunten Nachmittage im Seniorenheim meiner Schwiegermutter.

Der Morgen nach unserer Ankunft begann schrecklicherweise um halb acht mit der Aufforderung zur Blutentnahme. Es gab keinen Kaffee vorweg und nüchtern musste ich mich in die Reihe der Abzapf-Kandidaten einfügen. Da kam in höchster Aufregung ein älteres japanisches Ehepaar angerauscht. Er saß im Rollstuhl, sie schob: *„S.O.S., wir nicht wissen, wo sollen hin und nur ganz schnell fragen wollen!“* Wir Wartenden nickten ergeben, was zur Folge hatte, dass den beiden der Genuss des Aderlasses vor uns gewährt wurde. Die Prozedur stellte sich als langwierig heraus, mein Kaffeedurst und auch meine Laune steigerten sich ins Unerträgliche und die

Hoffnung auf Labung verschwand wie eine Fata Morgana hinterm Horizont. Ich schaffte es dann doch noch mit letzter Kraft in den Speisesaal. Geleitet wurde ich von einem beträchtlichen Geräuschpegel, einer Großveranstaltung nicht ganz unähnlich, dabei ging es lediglich ums Frühstück! Hoch erfreut stellte ich fest dass ich Marga als Tischnachbarin zur Seite hatte. – Dann kam der nächste Morgenschock: Neben mir saß Heiko, der aufgrund seines beträchtlichen Umfanges weit über seinen Platz hinausragte, und sein Gegenüber hieß Silke. Beide entpuppten sich als außergewöhnlich gut gelaunte hanseatische Plaudertaschen. Ich klammerte mich an meine Kaffeetasse und hoffte unsichtbar zu sein – doch weit gefehlt! Gleich nach der offiziellen Vorstellung versuchte Heiko mich in die Geheimnisse der Mittagsmenü-Auswahl einzuweihen. Vermutlich habe ich mich etwas unwirsch verhalten, denn während unserer weiteren gemeinsamen Mahlzeiten strafte er mich mit Missachtung.

Glücklicherweise ereigneten sich durchaus erfreulichere Begegnungen.

Sue lief uns (Marga und mir) zwei Tage nach unserer Ankunft geschäftig über den Weg und ich vermutete zunächst, sie würde uns am Abend ihre neueste Schmuck- oder Kosmetikpflege-Kollektion präsentieren.

Sie war groß, elegant mit wohlgerundeten Formen. Ihr Gesicht umrahmte ein dunkler, rötlich schimmernder Pagenkopf und sie blickte mit riesigen blauen Augen etwas nervös in die Runde. Nachdem sie uns angesprochen hatte, stand fest: Auch sie würde hier einige Zeit mit uns verbringen. Sie beklagte den Stress, der hier herrschte. (Das war uns bis jetzt noch gar nicht aufgefallen.) Man hatte ihr angeraten, sich ein spätes Mittagessen in Form von Würstchen mit Kartoffelsalat zu organisieren, währenddessen den medizinischen Fragebogen auszufüllen und weg war sie ...

Marga und ich trollten uns in Richtung unseres Feierabend-Refugiums gleich gegenüber der Klinik. Der ehemalige Bahnhof von Prerow war zu einem Hotel mit Restaurant und einer hübschen Terrasse umgebaut worden und dort genossen wir viele laue Sommerabende bei einem oder zwei Gläschen Wein und angeregten Gesprächen.

Auch Betty lernten wir bald kennen: Sie war einfach knuffig. Nicht besonders groß, gut proportioniert, rundlich mit einem frischen rosigen Gesicht und kurzen, blonden Löckchen. Auch sie hatte blaue Augen, aus deren Winkeln meistens der Schalk blitzte, oder sie blickte groß und erstaunt drein und man fühlte sich sofort gemüßigt, ihr die Welt zu erklären. Dabei konnte sie das viel besser.

Flüchtig hatte ich bereits das Vergnügen gehabt, Betty und Sue zu treffen, und zwar in unserem Raucher-Pavillon. Auf dem gesamten Reha-Gelände einschließlich des weitläufigen Parks war es verboten zu rauchen. Dabei gab es dort so viele lauschige Bänke, auch mit Tischen, an denen man gemütlich an der frischen Luft seinem Laster hätte frönen können. Aber nein, man verbannte uns in einen zugegebenermaßen äußerlich ansprechenden Rundbau von ca. 12 Quadratmetern. Das Asyl war rundum verglast, immerhin mit Holzbänken versehen, aber die Luftzufuhr erfolgte lediglich durch den offenen Eingang. Ein riesiger Aschenbecher war in der

Mitte platziert worden, und schon der Anblick des vollen Gefäßes hätte einem eigentlich die Sucht vertreiben können.

Es ergab sich jedoch, dass die Raucherrunde immer lustiger wurde. Man traf sich, man trank Kaffee, politisierte und vor allem tauschte man Informationen und Neuigkeiten aus. Natürlich qualmte man die eine oder andere Zigarette mehr, wenn man sich von dem illustren Kreis nicht trennen wollte. Marga, seit vielen Jahren tolerante Nichtraucherin, nahm aus verständlichen Gründen an den Meetings nicht teil, aber sie hatte ja mich als Nachrichtendienst.

Aber nun komme ich endlich zur Vereinigung unseres Quartetts:
Von der Klinikleitung wurde eine Boddenfahrt mit dem Schaufelraddampfer organisiert. Am Bodden, einem großen Süßwassersee parallel zur Ostsee, lag ein entzückender kleiner Hafen wenige Gehminuten entfernt von unserem Kurhaus.

Resi hatte bereits an unserem ersten gemeinsamen Abend bestimmt: *„Des mach ma mitanand zu dritt, weil des hob i scho amoi gmacht, des is* *schee und nacha konn i eich des ois zoign."* Wir erstanden frühzeitig Karten und harrten dafür eine Dreiviertelstunde an der Rezeption aus (*„weil des is ganz gwies schneill ausverkafft").* Je näher der Nachmittag rückte, umso unwohler fühlten Marga und ich uns, *„dass ma des jetzt zu dritt macha miassn, weil sie hebt uns an Platz auf und mir treffan uns aufm Schiff".*

Wir vertrödelten die Zeit, genossen an dem kleinen Hafen einen gemütlichen Kaffee in der Sonne und warteten, bis der größte Andrang sich aufgelöst hatte. In der Zwischenzeit konnte Resi die angeblich reservierten Plätze nicht mehr verteidigen. Tatsächlich war sie wohl dem Reiz eines möglichen männlichen Kurschatten-Kandidaten erlegen. Erleichtert heuchelten wir Enttäuschung und fanden sehr schnell eine sehr viel bessere Lösung: Am Tisch von Betty und Sue waren zwei Plätze frei. Traumhafter Sonnenschein, ein windgeschützter Platz an der Leeseite (also der dem Wind abgewandten Seite) an der Reling auf dem Oberdeck, zwei Ladys, deren Chemie sofort mit der unseren harmonierte, und die Welt war in Ordnung.

Ich lechzte nach einem kühlen Getränk. Man musste sich treppab im Zwischendeck selbst versorgen – doch da outeten sich die drei Damen und gestanden, dass es mit ihrem Augenlicht nicht zum Besten stand und dass sie die steile dunkle Schiffstreppe nur aufwärts hatten erklimmen können. Meine erste aktive Aufgabe in unserem Quartett bestand somit darin, uns mit Proviant zu versorgen. Zugegebenermaßen war der Zugang zur Theke abenteuerlich und ziemlich gewöhnungsbedürftig. Doch nach mehreren Gängen trat Routine ein.

Während die Mädels leckeren Eiskaffee und Ähnliches schlürften, hatte ich mich zu einer Ostseespezialität hinreißen lassen: Sanddornpunsch! Das Heißgetränk war im warmen Sommerwind völlig fehl am Platz und es schmeckte unbeschreiblich scheußlich! Als dann die vom Kapitän angekündigte Bodden-Robbe tatsächlich auftauchte und mit vielen Ahh's und Ohh's bewundert wurde, riet mir Marga, doch meinen Drink über Bord zu entsorgen. Die Robbe tauchte ab und ward von da ab nie mehr gesehen – auch nicht auf unseren weiteren Schiffsausflügen.

Beseelt, wie wir von der heiteren Atmosphäre dieses Nachmittags waren, stand für uns fest: Der gemeinsame Kuraufenthalt wird zu viert durchgestanden!

Die Planungen unserer gemeinsamen Unternehmungen gestalteten sich nicht immer ganz einfach. Marga liebte ausgedehnte Strandwanderungen – gerne mit Kaffee und Eisbecher als Belohnung. Sue liebte Letzteres auch, aber ein bisschen Trubel und schicke Läden zum Shoppen sollten schon auf dem Weg liegen. Betty machte jeden Blödsinn mit, jedoch funktionierten ihre Beine nicht so, wie sie es wünschte. Deshalb brauchte sie einen starken Führungsarm und die Entfernungen sollten überschaubar sein. Das wiederum kam auch mir entgegen und ich war auch bereit, alles mitzumachen, aber Trubel, Menschenmengen und Lärm durften nicht sein. Außerdem bestand ich auf meinem Dämmerschoppen, der wegen des Rauchens natürlich im Freien stattfinden sollte. Auf diesen Part konnten wir uns in der Regel einigen, wobei Sue dann auch gerne was Ordentliches zum Essen haben wollte.

An einem Freitagnachmittag fanden wir uns zur Krisensitzung im Raucherpavillon ein, um das Wochenende zu planen. Sue wollte gerne irgendwo schick essen gehen. Ich wiederum scheute den Touristenrummel in den Seebädern, aber eine längere Busfahrt hätte ich auch gerne vermieden. Alles, was in akzeptabler Entfernung erreichbar war, wurde von unseren Raucherkollegen als Ödnis abgetan. Betty organisierte Prospekte und Fahrpläne von der Rezeption, aber wir kamen auf keinen grünen Zweig. Marga fehlte bei der Verhandlung und hatte außerdem verwandtschaftlichen Wochenendbesuch.

Endlich kam unserem Mitraucher Walter die zündende Idee: Ab drei Personen muss man hierzulande einen Verein gründen! Das war die Rettung. Betty sollte den Vorsitz innehaben. Sie erklärte sich zur Schriftführerin bereit und die Kassenwartschaft übernahm ich, in der Hoffnung, dass sich das Vereinsvermögen in Grenzen halten würde. Marga wurde zur zweiten Vorsitzenden ernannt – in Abwesenheit – mit Letzterem sollte sie in naher Zukunft öfter glänzen.

Wir nannten uns ab sofort „ZUM LUSTIGEN KLEEBLATT“.

Nun war plötzlich alles ganz einfach. Wir beschlossen, eine kleine Busreise nach Barth am Bodden für ein gemütliches Mittagessen zu machen und ließen den weiteren Verlauf offen. Für Bettys Museumshunger sollte auch was dabei sein. Sie hatte irgendwas von einem Wurstmuseum gelesen. Das stellte sich zwar als Missverständnis heraus, aber irgendeine Galerie oder Kirche sollte sich finden lassen. Den Hinweis, dass von dort auch eine Fähre nach Rügen gehe, überhörten wir geflissentlich. Immerhin hatten wir uns lediglich auf einen Tagesausflug geeinigt. Zu guter Letzt erfüllte sich sogar noch Bettys Herzenswunsch in Form einer Dampferfahrt. Zwar ging die Reise nicht nach Rügen, aber immerhin nach Zingst, und sie endete, wie sollte es anders sein, im Café Rosengarten.

Das Café Rosengarten hatten wir bei einem unserer ersten gemeinsamen Ausflüge entdeckt.
Es fand ein Kunsthandwerkermarkt in Zingst, wenige Busminuten von der Klinik entfernt, statt. Alle Geschäfte hatten geöffnet. Diese frohe Botschaft belebte bei Betty sowie Sue das Shopping-Fieber-Virus. Marga war auch nicht ganz abgeneigt, denn sie hatte ein paar schmerzliche Lücken in ihrer Urlaubsgarderobe entdeckt. Aus

Rücksichtnahme auf die armen Kofferträger hatte sie nur ein Gepäckstück zu füllen gewagt. Proteste meinerseits bezüglich der Menschenmassen und der drohenden Reizüberflutung wurden ignoriert und die Damen schleppten mich zur Bushaltestelle. Vorsichtshalber tauschten wir Handynummern aus für den Fall, dass wir uns in dem Rummel aus den Augen verlieren sollten oder ich geneigt war, mich aufgrund einer Panikattacke in die Ostsee stürzen. Diese Gefahr konnte nicht so bedrohlich sein, weil die Meerestiefe erst etwa nach einem Kilometer mehr als 1,50 Meter betrug. Kurz nach der Busstation erlagen wir bereits der ersten Versuchung, das besagte Café zu besuchen. Es blühten tatsächlich üppige Rosen dort und die weißen Tische und Stühle kuschelten sich idyllisch zwischen Blumenrabatten.

Dem Angebot der üppigen Sahnetorten-Köstlichkeiten konnte keine von uns widerstehen.
Zum Kleeblatt gesellte sich unsere Mitkuristin und Tischgefährtin von Betty, Karin. Beheimatet in Braunlage im Harz, Boutiqueninhaberin von Beruf, drahtig, schlank, sehr schick mit üppigem blondem Pagenkopf, ergänzte sie angenehm unsere Gruppe. Mit freudiger Überraschung

entdeckten wir gemeinsame Erinnerungen an Altenau, den Geburtsort meiner Omi, wo ich als Kind bei meiner Tante Lene etliche Ferien verbracht hatte. Sie kannte sogar den Wanderweg auf den Brocken, der nach meinem Urgroßvater Gustav Baumann benannt war.

Mein Fünkchen Hoffnung, dass die romantische Kaffeestunde als Höhepunkt nicht zu überbieten sein und der Kelch des Budenzaubers an mir vorübergehen würde, verpuffte. Man drängte zum Aufbruch in Richtung Kunsthandwerk- und Shoppingmeile, wobei Meile durchaus noch eher untertrieben schien.

Zingst erwies sich als äußerst nobles Seebad mit exklusiven Hotels und ebensolchen Läden, die Sues Augen zum Glitzern brachten.

Kurz darauf fand ich mich alleine zwischen den aufgestellten Buden und war froh über den vorsorglich bestimmten Verlorenen-Treffpunkt und den Handy-Notfallplan. So schlenderte ich denn vom Kleeblatt verlassen zum Badestrand, der ähnlich bevölkert wie bei uns war, nur trugen die Gäste wenigstens Badekleidung. Ich fand dann sogar den Ausgangspunkt wieder, nur war niemand von unserer Ausflugsgesellschaft in Sicht. Beim Italiener nebenan versuchte ich mich mit einem kühlen Drink zu beruhigen und arbeitete meinerseits einen Notfallplan aus. Doch nach kurzer Zeit trudelten alle vollbeladen mit Einkaufstüten ein. Sue packte zuerst ihre Schätze aus und ich bewunderte ihr Geschick, mit dem sie die tollsten Schnäppchen herausfischen hatte können. Marga hatte sich in die fachmännischen Hände von Karin begeben und hochwertige Sonderangebote erstanden, die in ähnlichen Farbnuancen bereits ihren Kleiderschrank füllten.

Wir traten den Heimweg an in Richtung Busstation und, wie's der Teufel will, tauchte erneut der Rosengarten auf. Nahezu gleichzeitig übermannte uns die Erinnerung an die Speisekarte, die Matjes mit Bratkartoffeln und ähnliche Köstlichkeiten versprochen hatte. Wieder erlagen wir der Versuchung, ließen den geplanten Bus ohne uns abfahren und erreichten mit der letzten Fahrmöglichkeit das gerade so eben noch offene Klinikportal.

DIE KLINIK

Der Eindruck, es handele sich bei meinen Aufzeichnungen um einen Wellness-Aufenthalt für vier vergnügungssüchtige Damen, die sich mal eine aktive Auszeit gönnen wollten, trügt jedoch gewaltig.

Tatsächlich trafen wir an der Ostseeküste aufgrund nicht unerheblicher Zipperlein zusammen, die man in der Klinik zu therapieren gewillt war. Ein individuell ausgeklügelter Terminplan sorgte für einen straffen Tagesablauf.

Ich verbrachte meine Vormittage in der Regel wasserplanschend in diversen Wannenbädern und danach wurde ich abwechselnd von Schwester Monika oder Schwester Yvonne gesalbt. Die beiden entzückenden Mädels agierten als Stationsbetreuerinnen und brachten mit viel Humor ordentlich Stimmung in die Bude. Nicht zu vergessen der behandelnde polnische Onkel Doktor! Eine Ähnlichkeit mit dem Bären Balu war nicht zu übersehen. Er war groß, nicht gerade dünn, lieb und gutmütig. Für meine Morgenmuffeligkeit zeigte er vollstes Verständnis und so begann für mich aufgrund seiner Verordnungen der Behandlungstag erst nach dem Frühstück. Das klingt luxuriös und ehrlich zugegeben war es das auch ein bisschen. Für meine Mitkuristinnen begann der Tag oft schon um sieben Uhr morgens. Da drehte ich mich nochmal genüsslich im Bett um!

Die Nachmittage waren meistens dem Sport gewidmet. Wenn das Wetter mitspielte, und das präsentierte sich meistens von der traumhaften Seite, turnten wir im Park. Da traf ich dann hin und wieder mit den anderen vom Kleeblatt zusammen und wir buhlten gemeinsam um die Gunst unseres Trainers, Herrn Balach. Herr Balach war zum Niederknien, nicht nur weil einige Übungen das erforderten. Seine äußere Erscheinung faszinierte erst auf den zweiten Blick. Er war nicht besonders groß, aber seine drahtige, durchtrainierte Figur verriet häufige Leibesertüchtigung. Bei seinem strahlenden Lächeln kam eine erstaunliche Anzahl großer Zähne zum Vorschein und sein ovales Haupt glänzte wegen fehlender Haarpracht.
Dank seiner grenzenlosen guten Laune fühlten wir uns, als wenn George Clooney uns in die

Geheimnisse der Wirbelsäulengymnastik einweihen würde. Sein Charme ließ uns über die Grenzen unserer Körperkraft hinauswachsen. Er bestand gnadenlos auf der Durchführung aller Verrenkungen, aber was machte das schon, wenn er uns glücklich anstrahlte!

Das Fitnessangebot der Klinik offerierte uns viele weitere Angebote, unseren Körper zu stählen:
Da war zum Beispiel Wassergymnastik, die vorzugsweise entweder vor oder kurz nach dem Frühstück stattfand– – Termine, die ich aufgrund der bereits erwähnten Morgenträgheit nicht wahrnehmen konnte. Oder etwa Nordic Walking – Gehen mit zwei Stöcken. Das ist der Sport, von dem eine bekannte bayrische Kabarettistin bemerkt: „Ja habt`s ihr denn eierne Langlaufschi vergess`n.“ Dieses Training wurde in der Regel gleich nach dem Mittagessen absolviert und das Klack-Klack störte meine Siesta ohnehin über Gebühr.

Qi Gong konnte man auch auswählen. Das war mir vertraut durch unsere Gymnastikstunde in Nördlingen, ich liebe die fließenden Bewegungen, mit denen man Wasser aus dem Meeres-

grund schöpft und von oben wieder herunterrieseln lässt oder wenn man den Mond von Ost nach West trägt und wieder zurück. Dafür habe ich mich sofort eintragen lassen. Eine Kostprobe dieser Ertüchtigung konnte ich zum Glück kurz vor meinem ersten Termin auf der Wiese beobachten: Man stand im Kreis, klatschte sich auf Ober- und Unterarme, auch klopfte man die Oberschenkel ab und simulierte Händewaschen und das wurde relativ hektisch ausgeführt und keineswegs mit fließenden Bewegungen. Erschwerend kam hinzu, dass Resi im himmelblauen Sport-Outfit äußerst aufmerksam daran teilnahm. Genau genommen himmelte sie den groß gewachsenen, attraktiven Trainer an, der allerdings nicht wirklich mit unserem Herrn Balach konkurrieren konnte.
Gleich am nächsten Morgen stornierte ich bei meinem verständnisvollen Doktor Balu diese Stunden und tauschte sie gegen Übungen in der „Mucki-Bude“ ein. Das war Zirkeltraining an medizinischen Sportgeräten und machte, außer, dass man sich wirklich anstrengen musste, richtig Spaß. Es war ein hervorragender Ersatz.

Ergänzend zum Gesundheits- und Sportprogramm wurden wir zu diversen Seminaren verdonnert:
Da gab es natürlich für die Nikotinsüchtigen einen Nichtraucherkurs. Ich muss jetzt noch mal kurz zu den Gegebenheiten in unserem Qualm-Pavillon zurück schweifen:

Außer Betty und Sue fand sich unter anderen regelmäßig Andreas ein – doch recht gut aussehend, witzig, etwas ironisch und ziemlich charmant. Im früheren Leben war er Chefkellner bei der Bundeswehr in einem großen Casino (Speisesaal) für Offiziere und weitere hohe Tiere. Er machte kein Gedöns darum, aber seine Manieren waren vorbildlich.
Mithilfe von E-Zigaretten war er wild entschlossen der Nikotinabhängigkeit abzuschwören. Dasselbe versuchte Lizzy, die bereits einen nicht unerheblichen Vorrat von zu Hause mitgebracht hatte. Die Mischungen, mit denen man diese Utensilien bestücken konnte, beinhalteten diverse Aroma-Richtungen von Zimt über Apfel bis Mango und vor allem orientalisch anmutende Düfte. Zuweilen roch unser Kabuff, als wäre ich in einem arabischen Was-weiß-ich-Boudoir gelandet.

Dann war da noch Jürgen, ein kleiner, drahtig-sportlicher hellhaariger Typ, auch etwas spöttisch-charmant und meinem Gefühl nach der Weiblichkeit durchaus nicht abhold.
(Er war mit seinem eigenen Wagen angereist!)
Ich möchte auch nicht versäumen, Rainer zu erwähnen: Groß, mit braungebranntem, wettergegerbte Segler-Gesicht (er liebte tatsächlich die Schifffahrt) verbrachte er jedes Jahr einige Zeit in der Klinik, um seine Gesundheit auf Vordermann zu bringen. Eigentlich war er Zigarrenraucher und leider verbrachte er in der Regel seine Abende an einem uns verborgenen Ort, um sich mit Rotwein und Zigarre zu verlustieren. Ich kann seine durchaus anziehende Wirkung nicht verleugnen. Marga konnte das auch nicht. Bei einem Zufallstreffen blieb ihr schlicht die Sprache weg. Unsere illustre Runde wurde ergänzt durch Gretel aus dem Oberbayrischen, die regelmäßig schier in Tränen ausbrach, wenn sie bekannte, dass sie „de Bluatsraucherei no in den Wahnsinn treibt".

Wir alle und noch einige weitere Leidensgenossen trafen zusammen bei besagtem Seminar.

Eine sehr nette und junge Psychologin erklärte uns gleich zu Anfang, dass sie nicht gewillt war, einen Vortrag über die gesundheitsschädlichen Fakten unseres Lasters zu halten. Sie hielt uns für erwachsene Menschen, die sich der Gefahren bewusst waren. Stattdessen sollte einer nach dem anderen erklären, warum er rauchte und weshalb er geplant hatte aufzuhören. Letztendlich hatte jeder seine Lieblingssituation geschildert, in der das Rauchen sich ganz besonders als genussvoll erwies, jeweils mit zustimmenden Kommentaren der anderen Teilnehmer. Lediglich Gretel brach in Tränen aus und schluchzte: „I mog einfach nimmer." Die Seminarleiterin entließ uns mit ein paar wohlgemeinten Ratschlägen und drückte jedem einen Stapel lehrreicher Prospekte in die Hände.

Anschließend marschierten wir geschlossen zuerst zum Kaffeeautomaten und dann zum gewohnten Treffpunkt, diskutierten ein bisschen über die neuen Erkenntnisse und stellten einmütig fest, dass es sich um eine durchaus interessante und informative Unterrichtsstunde gehandelt habe.

Ein weiteres Seminar diente der psychischen und physischen Entspannung. Geleitet wurde der Kurs von Herrn Doktor Däumler. Seine äußerliche Statur weckte in mir die Erinnerung an eine bekannte Fernsehserie über einen Polizeipsychologen, ich glaube, sie hieß „Der Dicke“. Nun – Herr Doktor bat uns zunächst zu einem Einführungsgespräch. Als er anhob zu sprechen – mit einer äußerst sanften, sonoren Stimme, die einen interessanten Gegensatz zur Erscheinung bildete – versanken seine Augäpfel mitsamt der Iris unter den Oberlidern und er wirkte entrückt. Die gelbbraunen Stressfrei-Sessel aus rehbraunem Leder waren neu angeschafft worden und deshalb bestand die dringende Notwendigkeit, sie vor dem Benutzen mit weißen Leintüchern zu schützen, die wir selbst mitzubringen hatten. Des Weiteren schätzte er das Einschlafen während der Übungsstunden nicht und wenn das doch passieren sollte, war Schnarchen untersagt. Kaffee oder andere Getränke erlaubte er ebenfalls nicht. Außerdem verlangte er absolute Pünktlichkeit. Sollten wir dennoch zu spät kommen, war die Stunde für uns gelaufen, wir durften nicht anklopfen oder in irgendeiner Weise die Meditation unterbrechen. Das war es dann fürs Erste und den Termin für die eigentliche Stunde würden wir auf unserem Terminplan zur Kenntnis nehmen können. Wir erhielten bald die Anweisung und fanden uns erneut im Seminarraum ein, bewaffnet mit Leintüchern, und er legte los. Eine sanfte, meditative Musik unterstützte seine Stimme und wir wurden, liegend auf den Sesseln, unterwiesen, wie man sämtliche Muskeln des Körpers nacheinander anspannen und wieder lösen konnte. Dieses Seminar fand ziemlich direkt nach dem Mittagessen statt und so gelang es mir am besten, meine Augenlid-Muskeln zu entspannen. Das komplette Programm kriegte ich nicht so mit, aber vermutlich habe ich nicht geschnarcht, den sonst wäre ich sicherlich des Raumes verwiesen worden.

Ein weiterer Kurs im Rahmen der Reha-Maßnahmen hieß: „Beckenbodentraining."

Dazu möchte ich nun allerdings eine kleine Vorgeschichte erzählen. Seit meiner Ankunft an der Ostsee hatte ich ein gewisses Problem. Vielleicht lag es an der salzhaltigen Luft oder an dem vielen Wasser ringsum, ich musste ständig. Unsere gemeinsamen Unternehmungen richteten sich schon auch nach der Anwesenheit von „Stillen

Örtchen“. Diese Unpässlichkeit diskutierten wir eines Abends beim Essen „Am Alten Hafen“ nahe dem Bodden-Hafen. Ein wunderbarer Sonnenuntergang in der lauen Dämmerung, ein hübscher Restaurantgarten, Sue flirtete heftig mit dem Kellner, der mit reizendem holländischem Akzent sprach: Auf diese Art genossen wir die Feierabendatmosphäre. Natürlich musste ich immer wieder. Da plauderte Sue aus ihrem Erfahrungsschatz. Es gab da einige Hilfsmittel, die zwar eher im Erotikbereich zu finden waren, aber ihre Wirkung nicht verfehlen würden. Sie ging etwas näher darauf ein und uns liefen die Lachtränen über das Gesicht. Unser charmanter Holland-Kellner eilte besorgt herbei und erkundigte sich nach unserem Wohlbefinden und ob er noch etwas noch für uns tun könne. Die Situation entglitt uns und keine brachte außer schallendem Gewieher noch einen Ton heraus. Er trollte sich mit hilflosem Achselzucken und nachdem wir uns etwas beruhigt hatten, erklärte Sue, dass es natürlich auch eine medizinische Erleichterung gab. Die zweite Variante entsprach mir in der augenblicklichen Situation mehr und ich besprach das gleich am nächsten Morgen mit Doktor Balu. Er lehnte in meinem Fall Medikamente strikt ab und verdonnerte mich umgehend zum besagten Beckenbodentraining.

Die Übungsstunde folgte kurz darauf, wieder genau nach dem Mittagessen (Siesta ade), und die Trainerin war überraschenderweise die mir bereits bekannte Masseurin. Sie verfügte über begnadete Hände, die genau so viel Kraft ausübten, dass man die Prozedur genießen konnte. Etwas kraftvoller und begnadeter war ihre ausdrucksvolle Redegewandtheit. Während der vorangegangenen Behandlungen hatte ich schon einen umfassenden Eindruck ihres beruflichen Werdegangs sowie eine ziemlich exakte Beschreibung ihres Familienlebens gewinnen dürfen. Nun führte sie uns also in die Kunst der Harndrang-Bewältigung ein. Fragen ließ sie aufgrund ihres Redeflusses nicht zu und die wenigen Pausen, die zwischen zwei Sätzen entstanden, reichten nicht aus, um sie zu unterbrechen. Sie ermahnte uns zu bestimmten Übungen, die ich leider bis heute nicht ganz kapiert habe. Natürlich überreichte sie uns umfangreiches Informationsmaterial. Fürs Leben konnte ich bei dem Kurs jetzt nicht allzu viel mitnehmen. Aber mein Problem hat sich inzwischen wieder relativiert. Es war vermutlich in Prerow doch zu viel Wasser drumherum.

Gemeinsam überstanden wir noch etliche Veranstaltungen wie zum Beispiel Tanzabende mit echten Musikanten. Als Zuschauer konnten wir das SOS-Japaner-Paar bestaunen, das einen bühnenreifen Rock’n`Roll vorführte. Obwohl der Herr immer noch im Rollstuhl saß, dirigierte er seine Lady äußerst professionell. Liederabende gab es auch, und alle durften mitsingen. Ein Vorsänger mit einer Klampfe verteilte vorab die Gesangbücher, sie stammten offensichtlich aus der frühen DDR-Phase und dementsprechend nationalbezogen schlicht waren auch Text und Auswahl.

Langsam spürten wir, wie sich der Herbst ankündigte. Die Abende wurden kühler und im Biergarten sorgten nicht einmal unsere dicksten Jacken mehr für Wohlfühl-Atmosphäre. Wir zogen uns des Öfteren in die Cafeteria zurück und dort unterwiesen mich die drei restlichen Damen vom Kleeblatt in der Kunst des Romme-Cup-Spielens. Vermutlich haben die drei Damen das heftig bereut, denn mit typischem Anfängerglück zockte ich alle ab.

Völlig unerwartet und irgendwie zu plötzlich nahte das Ende des Kuraufenthalts. Glücklicherweise hinterließ keine von uns einen eventuell schluchzenden Kurschatten, denn bei einem Viererpack wagte nun doch keiner Annäherungsversuche. Lediglich im Pavillon machte sich nach der Abreise-Ankündigung bei manchen Herren eine gewisse Bestürzung breit.

Unser Kleeblatt indessen schwor sich ewige Treue. Wir planten ein gemeinsames Wiedersehen im Frühjahr, fest versprochen, tauschten Adressen und Telefonnummern aus und verbrachten noch ein gemeinsames Stündchen im ICE nach Hamburg. Danach suchte jede für sich, vom Trennungsschmerz schier überwältigt, nach ihrem Anschlusszug.

Das Treffen scheiterte kläglich und auch die Telefonate verebbten langsam, das Kleeblatt verlor seine Blätter, aber Erinnerungen haben schon auch ihren Reiz ...